相愛 沒錯

草夕子——著

我們的愛原本有罪
但相愛並沒有錯……

序

重遇二十年前喜歡過的人，感到驚喜，還是不知所措？

我去年認識了一位姐姐，經歷結婚、生子、離婚，二十年後重遇中學的女同學，最後決定一起生活，而且兒女們亦祝福她們。能與少年時喜歡的人一起，這種幸福的感覺，令我開始構想這本小說，能夠重遇，相愛，會是怎樣景況呢？雖然我也遇過雙方父母極力反對的一對，認為她們的婚姻是有罪的，但是兩人相愛並沒有錯，就是這本小說的引子。

目錄

相愛
沒錯

一、再次相遇

冬末，一道陽光射進寒冷的旅遊巴士裡。

車內的人慢慢感到溫暖。

「老闆，明天十時跟客人開會，我們九時十五分出發。」成熟穩重的祕書貝麗提醒老闆 Wayne。

Wayne Chan 是投資銀行香港區副總裁。

「嗯，謝謝提醒。」Wayne 有禮地回應。

貝麗微笑，她這位老闆不只高大帥氣，風度翩翩，而且給人有氣勢但安穩的感覺。

他們一行人明天跟上海客戶見面。吃飯後正準備離開酒店的餐廳。

門口有點擾攘，原來是旅行團旅客跟領隊爭論，Wayne 經過看一眼就打算離開，卻看到一張似曾相識的臉孔。

但他沒有停下來便上房休息。

Wayne 做些伸展運動，有點口渴，想透透氣，便到附近便利店逛逛，走到大堂看到剛剛在爭執的領隊，一位既熟悉又陌生的人。

她披散長及胸前的長髮，一個人拉著行李坐在角落打瞌睡。

他走過去，拍拍她，「妳在做什麼？」

當她抬起頭，他彷彿看到從前。

「對⋯⋯對不起。」童婉琳以為他是大堂經理。

「妳爲什麼在這裡睡？」他皺眉。

婉琳看著他，驚訝得說不出話來，是他！

竟然是他！

他沒有理會她的驚訝，一手拉起她，「跟我上房。」

「蛤？」

「一個女生在外多危險，妳知道嗎？」

「蛤？」難道我跟你上房不危險嗎？

Wayne 拉她到電梯裡。

婉琳手忙腳亂拉著行李跟著他，腦海不斷想著怎會遇見他。

商務客房。

「爲什麼睡在大堂？」

「因爲客人要求多一間房。」她吞吞吐吐。

什麼？

「妳在這裡休息。」Wayne 指著梳化。

婉琳點頭，低頭細聲道，「但……」

Wayne 嚴肅地看著她。

「謝謝你。」婉琳向他鞠躬。

Wayne 走進浴室。

婉琳又興奮又尷尬，怎會是他！

他們曾經是同一間學校，他比她大三歲。

「一九九四年學生會選舉，陳翼晨以七百零五票當選副會長。」

那時候，婉琳開始留意他。

可惜，他從不看她一眼。

偷偷地喜歡就夠了，反正很多人都接受不了她們的愛。

因爲 Wayne 其實是她的學姐。

他從浴室走出來，一下子忘記了客廳有人，只是下身圍著白色毛巾，上身再搭著一條毛巾正在擦頭。

二人相視，婉琳臉紅低下頭來。

「怎麼他變得男子氣概多了，連身材也……」婉琳心想。

他從女兒身變了男人。

陳翼晨沒想過碰到學妹，而且讓她看到自己的身體。

沒什麼大不了，做了這個決定就不會介意別人的眼光。

「我睡了。」沉聲地道。

關門後，婉琳又禁不住亂興奮，忘掉工作上的為難。

她衝入浴室，用力地吸一口氣，竊笑，「我會不會有點變態呢？」

他的味道，有種柑橘香和檀香木的氣息。

「我的天，我的天，我怎會遇到他呢？」

婉琳一邊微笑，一邊沐浴。

畢業後找不到工作，唯有做導遊，每天跟貪小便宜的旅客打交道，她身心俱疲，換上一件牛仔恤衫裙就睡著了。

他看到童婉琳，讓他感到自己不再是 Wayne，他是陳翼晨。

當年她如此地喜歡自己，現在還一樣嗎？

睡不著，他輕輕地開門，看到她只穿一件恤衫就睡著了。

多年沒見，她身材變豐滿了，皮膚白皙，修長美腿，但臉部的嬰兒肥都沒變。

他低笑，為她蓋上一張被便回房了。

早上醒來，婉琳收拾好被鋪，留下謝謝的字條。

翼看了一眼，對著鏡子繫上領帶，準備出門。

忙了大半天。

祕書準備文件，他們晚上便離開上海。

踏進酒店大堂，看到婉琳給導遊責罵。

「他們要什麼妳便給什麼，他親戚跟過來住，妳讓他房間，拉他到購物團不好嗎？妳要睡便睡在旅遊巴上！」

導遊邊罵邊指手劃腳。

婉琳委屈地低下頭。冬尾時分，晚上帶點涼意，怎睡在車上？

導遊正想繼續罵，突然有把聲音介入，「她現在辭職。」

「你是誰？」導遊回頭看，穿著三件頭深灰色西裝的陳翼晨帥氣地走過來。

「她的我的人。」他手牽著婉琳，「我會賠償通知金。」

接著拉著她進入升降機。

「陳……」婉琳差點忘記要裝作從未認識他，「你……我……沒錢賠的。」

「那就肉償。」翼狡猾地說。

婉琳臉紅，卻一付很願意的樣子。

翼忍著笑，「做我管家。」

婉琳冒出十萬個問號，「蛤？」

她傻乎乎地跟著他回香港，住進他的大屋。

一間三層大屋，只有他和家傭住。

她傻了眼，全屋落地玻璃，左邊是看書的一角，然後一個大客廳。

上兩樓梯級是飯廳，左邊是通向戶外花園和家傭房間。

飯廳後是開放式廚房，左邊是會議室。

全屋打通，上一層是工作間，然後頂層是睡床，衣帽間及浴室。

他的睡床是在正中，頭頂是天窗。

感覺是赤裸裸的一間屋。

翼從婉琳手中拿走電話，再撥起自己電話號碼，然後轉戶過五萬元，
「妳拿去賠償給公司。」

她拒絕，「不用那麼多！我……」她哪有錢還？

翼上下打量她的衣著，「這幾天我會很忙，妳自己照顧自己。我不會
過問。」以眼神意指金錢。

婉琳其實都不知道自己的工作在做什麼。

「我睡在哪裡？」

翼指著那張大床。

婉琳倒抽一口涼氣，傻乎乎站在原地。

深夜時分，翼仍在工作間，婉琳給他一杯水便離開。

翼望著她的背影，想不到為什麼要留她在身邊。

婉琳心情緊張，不知道他何時會來睡房，一直僵直身子，再等多差不
多一小時，迷迷糊糊就睡了。

朝早醒來，婉琳發覺他根本沒有上房，她馬上起來做早餐。

打開雪櫃，只有蒸餾水，牛奶，雞蛋，生果，而廚櫃，亦只有意粉，
燕麥片和基本調味料。

家傭走進廚房，婉琳用英語問翼的飲食習慣。

「妳不是他女朋友嗎？」

婉琳語塞。

翼這時剛下樓，一身深啡色的西裝，帥氣十足，婉琳怯怯地打招呼，
「早晨。」

翼點頭，「早晨。我今早開會，出門了。」

「哦……」

當她傻痴痴看著他出門，才想起他未吃早餐，「哎呀！」

連忙換上衣服，召車去超級市場。

「有錢人家的地方真遠。」

婉琳的家人重男輕女，家務都是她來負責，後來爸爸送她出國讀書，獨自生活，久經訓練，她的廚藝也不錯。

「他工作辛苦，就買好一點食材。」

葡萄籽油，牛油，麵粉，海鮮⋯⋯

「小姐，三小時後我們會送到妳府上。」職員非常有禮。

婉琳再逛逛百貨公司，買了廚具和碗碟。

「還有什麼要買呢？」

她看到鏡中的自己，她走進 H&M 買幾套衣服，運動套裝及睡衣。

「希望他不會覺得我亂花錢吧。」

晚上八時左右，翼回到家，看到婉琳在客廳坐著等他。

她一見到他就笑了，「你回來了！」

翼從沒有被迎接過，不懂反應。

「先吃飯還是沐浴？」

翼脫下外套，坐下飯桌，帶點疲倦地說，「吃飯吧。」他想她也應該肚餓了。

幾分鐘後，冬菇豬肉燜飯配中式老火湯。

「你捱夜工作，煲湯給你下火。」她微笑。

看到她一身粉紅色運動服，感覺很不順眼，好像家傭在端菜給他吃。

她微笑，「可以開動了！」喝口湯，有點熱，她拉開拉鍊，露出黑色的 bratop 運動衣。

翼微笑，視覺上感覺好多了。

「喜歡燜飯？」婉琳錯讀他的表情。

他清清喉嚨，「有時我會加班或跟歐洲開會，妳肚餓就先吃。」

婉琳聳聳肩，「沒所謂呀，你一個人吃多沒趣。你加班前給我短訊，我可以做燜飯。」

翼怔住，從前就沒有人在意他是否一個人在吃。他是有點感動，不好意思撇開了面。

飯後，婉琳在收拾碗筷。

他搞不清自己的心意。

當她是代替品？利用她的感情？還是……

他走進廚房，剛好婉琳轉身，兩人相對望，身貼身，她不禁臉紅。

「我想拿杯水。」身高 178 公分的他，雙手按著她身後的廚櫃，看著她。

「我……我拿給你。」

翼慌忙洗俊回到工作間，坐下來靜一下，回想發覺廚房多了很多用具，卻見不到她花錢在自己身上。

婉琳放下一杯蜜糖水便離開了。

他看著她放在台上的單據，有點發呆。

婉琳感到翼的冷淡，她估計他不會上來睡覺，便睡在床的中央，「眞舒服！」心裡偷偷地笑。

「我應該怎還錢給他呢？」想了一會，因爲太舒服便睡著了。

翼沒想過她竟然睡在中間，換了粉紅色泡泡袖睡裙，一臉舒服地熟睡。

「妳眞的很會享受。」

他只好睡在床邊。

婉琳轉身靠著他睡，她的橄欖味沐浴露令他精神鬆弛下來。

差不多天亮，婉琳才發現自己把他擠到床邊去，她馬上輕輕地溜到另一床邊。

早上翼正想出門時，婉琳已準備好早餐，簡單的麵包配牛油，炒蛋及咖啡。

他看一下手錶，便坐下來趕快地吃。

「不好意思，我沒有預計時間。」婉琳抱歉。

他喝完最後一口咖啡，「我上班了。」

公司裡，祕書貝麗感到老闆有點不同，眼神有時迷惘，有時盼望，「老闆，咖啡。」

翼喝不下，仍微笑說聲謝謝。

平日工作經常感到筋疲力竭，不知怎樣，這兩天精力充沛，常常有急不及待回家的感覺。

「貝麗，下午還有會議嗎？」

「沒有。」

翼駕車提早回家。

原來被期待的感覺是這樣。

婉琳整個下午整理翼的衣帽間，一件件的恤衫，一排排的袖口紐扣，領帶夾。

「原來這裡有客房，為什麼我不能睡這間呢？」

然後收拾書角。

婉琳坐在這裡，享受初春的溫暖。

翼一入門看到她一臉享受陽光。

婉琳看到他，笑嘻嘻，「我在整理你的書架。」然後好奇，「今天這麼早嗎？」

翼不自然地答，「晚上要開會。」

「那我今晚可以煮意粉了。」說完，便走入廚房。

他坐在書角，發覺書架整齊了不少。

晚飯是法式濃湯和青醬意粉，他吃了很多。

「謝謝你喜歡我煮的料理！」雖然翼對她冷冰冰，但看得出他喜歡同桌吃飯，她也高興極了。

她對小事情也感恩，翼覺得莫名其妙，她從前過著什麼生活呢？

「有甜品嗎？」翼突然問。

「Affogato？」

他點頭。

她在廚房的角落擺了兩罐小吃，一罐是乾果，一罐是果仁，她從果仁挑了幾粒榛子壓碎灑在雪糕上。

幾分鐘後，一道甜品完成。

「妳不吃嗎？」

「我下午已吃了雪糕。」她托頭看著他，心想：真帥。

「嗯。」

再這樣吃下去，他倆會變胖了。

「我今天打掃，看到二樓有客房，我可以搬去睡嗎？」

「不方便。」翼語氣冷淡。

「蛤？」一起睡會方便嗎？

「哦！」婉琳起來收拾餐具。

翼依舊每晚沐浴後便到工作間，婉琳放下一杯蜜糖水，他以為她離開，但她卻坐在旁邊的梳化看書。

「妳在做什麼？」

「看書。」

翼皺一下眉。

他沒理會，繼續工作。

看了一會電腦，有點頭痛。

相愛
沒錯

婉琳站起來,「我幫你按摩吧。」

翼感到很舒服,不自覺把頭枕在婉琳的胸口上。

婉琳紅著臉,「好一點嗎?」

他點頭,看到她臉紅才發覺不小心占了便宜。

唯有裝作不知道,繼續工作,直到她睡著了。

「小時候不是班長嗎?怎麼看一頁書就睡了?」翼自言自語。

然後幫她蓋上毛氈。

看到她幼長的眼睫毛,微微張開的嘴唇,差點忍不住吻下去。

婉琳剛巧轉身,他們的唇輕輕擦過。

翼的心悸動一下。

第二天的早上,婉琳看到翼不自覺臉紅,她以為自己發春夢,他們在接吻。

翼也不敢看她,只是低頭喝咖啡,「很熱嗎?」

「不是,只是昨天發了奇怪的夢。」

他差點給咖啡嗆到,「嗯,上班了。」

晚上,婉琳仍舊坐在旁邊看書。

如是者,連續兩晚也這樣。

早上翼開會後,聽到下屬在討論去哪兒 happy hour,「你們去吧,我陪太太吃飯,她等了我好幾天了。」

哦……原來她是陪伴他。

今晚她放下蜜糖水後便回房。

翼扮作不經意問,「妳今晚不看書?」

「不了,老是睡著,發奇怪的夢。」

翼被水嗆到,婉琳上前掃他背脊,「怎麼了?」

「有點累,我上房休息。」

翼閉起雙眼，婉琳沐浴後，一股香氣飄進鼻裡。

她也鑽進被鋪裡，看著他熟睡了，輕聲道，「眞帥。」把臉哄過去。

這時，翼翻過身來，擦過她的唇，手臂繞著她的腰繼續睡。

婉琳嚇到動彈不得。

兩人的臉靠近，她不自覺臉紅，翼只是裝睡，兩人好不容易在曖昧的氣氛下睡著。

星期五下午，他打電話給她，竟然有點不知所措，「喂？」

「喂？」婉琳也不知所措，因爲大家從沒有稱呼過對方。

「我是 Wayne，妳換件衣服，我回來接妳出去吃飯。」

「好的……」

婉琳沒想過他帶她出去吃飯，不知穿什麼才好，隨意穿一條白色連身百褶裙。

她的打扮令他眼前一亮，貼身的設計更襯托她美好的身材，只是小手袋有點孩子氣，看來明天要帶她多買點衣服。

翼牽著她的手，婉琳的心跳得好快，這麼多年的暗戀，沒有想過會成眞。

婉琳偷偷看他，o my dear，不是發夢嗎？不捨得放開手。

在銅鑼灣樓上日本餐廳。

「陳先生，你的朋友們到了。」

婉琳有點驚訝，還以爲今晚是他們的約會。

一坐下來，婉琳驚叫。

「王祖意，黎芷筠！」

二、交換真心

兩人在大笑。

「妳還記得我們！中學時，妳喜歡我，還是他？」筠指著自己和祖意。

翼面色也沉了。

婉琳慌忙地道，「沒有呢！不要亂說！」

祖意低笑地，「不要開她玩笑了。」

筠用難以置信的語氣道，「我都不知妳喜歡老陳什麼，冷冰冰⋯⋯」

「但是他帥啊⋯⋯」說完，婉琳掩住自己的面。

翼才面露笑意，他叫侍應幫婉琳換杯熱綠茶。

他脫下外套，披在她的身上。

「你們一起多久了？」筠好奇。

翼把餐牌遞給祖意，「肚餓，點菜吧。」

婉琳從沒覺得他們在談戀愛。

「你們也認識我嗎？怎會知道我們是同一間中學？」婉琳驚訝地向著翼，「你一早已認出我了？」

這時經理走過來，「陳先生，要不要配我們剛入口的威士忌？」

翼跟筠走到酒吧前面打量經理介紹幾支的威士忌。

這麼多年筠沒有變，仍是吊兒郎當的樣子，他個子不高，喜歡穿格仔恤衫休閒褲。

反而祖意，身穿牛仔恤衫，卻比以前更清瘦，文質彬彬。

「好嗎?」祖意眼神誠摯地問。

「很好。」婉琳給他親切的笑容,這麼近,那麼遠的感覺。

他們是學生會的風頭人物,能夠坐在一起聊天,簡直發夢也想不到。

「如果翼認不到妳,怎會把妳帶到身邊?」祖意笑說。

「出醜了!」

「謝謝妳照顧翼。他很久沒有這樣笑過了。」祖意感慨地說,「他前度女朋友離開後,他的心情一直也不好,我好希望妳能真正接受他的全部。」

婉琳驚愕,想不到有這樣的故事。

「在聊什麼?」筠問。

「我們在聊你參選學生會時,在門口拉著我要投你一票。」婉琳取笑他。

「我有嗎?」

翼夾了幾塊魚生給婉琳,然後和筠他們喝酒。

筠拿起手機拍照,婉琳跟翼不自覺地靠近。

晚上,翼待婉琳睡著後才上床。

婉琳不知道他的前度故事,但知來作甚,她只想表達自己的心意。

她翻轉身,鼓起勇氣擁著他背後,感到他身體僵直。

她呼一口氣,迷戀他身上的柑橘和檀香木味。

「我忘記何時喜歡妳了……中學時,目光總離不開妳,當然妳從不留意我。」然後傻笑,「每天上學最快樂是可以見到妳。再次遇到你,我覺得好驚訝,才發覺這麼多年的思念沒有變。」

翼的身體開始放鬆起來。

「我知道我不完美,但你……你願意讓我跟你一起嗎?」

翼翻過身來，與她對視，「妳不後悔嗎？」他的身分會帶來她很大的壓力。

婉琳給他堅定的眼光，搖頭，「不會。」

他扣著她的後頸，吻下去。

婉琳不是第一次談戀愛，但第一次心跳如此加速。

她手臂環在他的頸項，承受他熱烈的吻。

「我喜歡妳。」

翼沒想過是她的第一次。

「翼……」她害羞地喚著他的名字。

滿室春光，兩人全心全意把自己的身心交出來。

翼擁著她，在耳邊說，「待會我們去買逛街。」他看到她每次用完牙刷也收藏好，看了也厭煩，他要她安心的住下來。

「嗯……」婉琳迷糊地回應便睡了。

第二天醒來，婉琳感到尷尬，她衝進浴室。

翼大笑，「過來讓我好好看妳。」

婉琳不依地叫。

他們到金鐘逛街，經理迎上來，「陳先生，有什麼幫到你？」

翼左右望一下，「床單。」

經理馬上領他們去床上用品部，吩咐下屬拿兩杯有氣礦泉水過來。

婉琳心想，「買床單都這麼好招呼？」

她隨手一翻，一萬元多一套床單，她傻了眼，「有錢人家的生活……」

翼突然問，「有防水嗎？」

婉琳被水嗆到，然後用眼神埋怨他。

他裝作看不見，經理介紹，「保護墊都有防水作用。」

「兩套床單連保護墊，加大雙人床，我還想看看浴室用品。」

婉琳看中粉紅色櫻花圖案，甜笑問，「Wayne，這套，好嗎？」

翼不著痕跡遲疑兩秒，然後點頭。

他去選浴室用品，「這套黑銀色。」再看看四周，「加上兩套粉紅色浴巾套裝。差不多吧？」

經理小心翼翼地答，「再有需要，歡迎隨時找我。」

回來時，婉琳選了另一套灰色絲質床單。

「陳先生，童小姐選了這兩套。」另一位售貨員比比手。

翼只是點頭就拿出信用卡付款。

「待會送上我車。」

他牽著她手，「天氣有點涼，多買幾件衣服。」直接拉她入 Burberry。

「不用了……」她不願花太多錢。

他叫店員拿乾濕褸、連身裙、頸巾；然後又到 Victoria secret。

「不要，太性感。」婉琳不肯。

「我幫妳選。」翼霸道地說。

婉琳害羞，然後推開他，「好啦，我自己選啦。」

翼在附近逛逛。

「有什麼可以幫你嗎？」

「我想看看這隻女裝手錶。」

一會兒後，翼已經拿著兩個購物袋。

「吃午餐吧。」

他帶她到酒店。

「有錢人家的世界。」婉琳又默默地說。

中餐廳。

吃點心沒有太多禮儀，翼怕她不自在。

他想知道她多一點事情。

「父母離婚後，我跟媽媽，姨母一起住，大學畢業後找不到工作，家裡地方小，沒有房間，所以做領隊，不用在家添麻煩。」

翼的眼光帶點憐惜。

婉琳安慰他，「但幸運地再遇到你呢。」甜甜一笑。

翼溫柔地撫摸她的臉，手指滑過她的梨渦。

「你呢？」

「什麼？」

「你的家人呢？」

翼沉默，緩緩地說，「他們在加拿大，幾年沒見。」

婉琳捉著他手，「總有一天，大家各自會想見對方。」

翼只是微笑。

「下星期我帶妳去一個地方，我們去買晚禮服。」

「又買？」婉琳差不多要翻眼了。

另一間名店。

婉琳試穿一襲深藍色雪紡連身裙，從更衣室走出來，令在場的男仕眼前一亮。

「好看嗎？」

「嗯。」翼只是點頭，心想：好看極了！

然後再試穿一襲桃紅色荷葉邊連身裙。

「哪一條較好看？」

「嗯。」這一襲更襯托她的雪白肌膚。

「嗯？好看還是不好看？」

有幾位男仕停下來看她。

「小姐，這兩款也好看呢！」售貨員稱讚。

翼拿出信用卡，「就這兩件吧。」

感覺賺了艷羨目光。

男人的競技，唉！

逛了一整天，婉琳很累，心想，「感覺做了一天的領隊。」

正在沐浴，翼敲門，「晚餐到了。」

婉琳看到火鍋宅送，「嘩！」

翼微笑。

「你把我養胖了。」婉琳嬌嗔。

吃到一半，翼突然拿出手錶來，「剛剛看到，頗適合妳。」

婉琳差點嗆到，「怎麼又送我這麼貴的東西？」這款鋼帶系列的手錶，起碼也幾萬元。

她不敢接受，拿著紙巾擦嘴，雙手扮忙。

「我也希望妳會適應我的生活。」翼看著她，這樣她才會聽他的話。

婉琳怕自己失禮他，馬上收下。

「不喜歡嗎？」

「很喜歡，謝謝。」

她對他好，是真心的好，只希望他亦以真心相待就夠了。

翼看到她的臉色，「好吧，妳自己去買喜歡的好了。」

婉琳不想掃興，只是笑笑點頭。

睡覺前，他們在床上看書，翼喜歡抱著她一起看書。

兩個人一起，舒服就最重要，就算看不同的書，心也是在一起。

翼一邊看書，一邊情不自禁吻婉琳，她格格地笑，「不要！」

「真的？」

又是一夜纏綿。

星期一的早上，翼在社交網站上傳一張早餐相，寫上「Too sweet！」

祕書貝麗看在眼裡，難怪老闆的心情最近這麼好。

他的下屬張明韻問，「老闆的早餐是火腿煎蛋，為什麼會太甜呢？把鹽當糖嗎？」

貝麗只是微笑。

婉琳不想無所事事，在煤氣公司報名學廚藝，想為他們這個家出力。

電話響起，「媽？」

「妳在哪？」

「我……我回到香港了，但很快要離開帶團。」

「收了小費嗎？」

「收到了！我盡快匯款給妳！」

婉琳剛剛想到「家」，就收到這個電話。

她要認真找工作了。

晚上，翼一踏進門，「我回來了！」

婉琳幫他脫外套，「肚餓嗎？」

他解開領帶，「嗯。好香啊！」

「西班牙焗飯。可以開動了。」

婉琳一直想開口談找工作事情，但不知從何說起。

直到睡前，翼給她一隻信封，內裡有一些現金和信用卡。

「我們一起住，妳主內，我主外，家中有什麼需要妳決定好了。而且妳為我打點一切，沒有外出工作，這些錢妳拿給家人作開支，我也較為安心。」

「做大食懶，好嗎？」他真的很貼心，除了認同她的付出，亦不會以高高的姿勢來俯視她。

「我可是對食的要求很高。」翼笑笑，「說笑，我只是想每天下班後能見到妳，週末我們可以在一起。」

婉琳主動吻他，「我會努力的！」

「怎樣努力呢？」他轉身壓在她身上。

「不要！」她雙手抵著他胸膛，「你明天要上班呢！」

「有什麼關係？」翼不理，開始亂吻她頸項。

「不要！」婉琳爬去床邊，「我主內，現在我決定睡覺！」

翼向她翻白眼。

她吃吃地笑，擁著他安心地睡。

星期五的晚上，婉琳微燙了長髮末端，穿上深藍色的雪紡裙，等待翼
跟她吃晚飯。

義大利餐廳。

餐廳經理問，「要喝酒嗎？」

「今天不了，我們待會還有地方要去。」

她沒有問去哪裡。

翼駕著跑車到一間酒吧門口停下。

他們穿過門口向下走。

「嗨！」竟然碰到筠。

「嗨！」婉琳好奇，怎麼弄得這麼神祕。

翼擁著她到吧檯前坐下，然後吩咐筠調杯飲品給她。

「這是我們的酒吧。」

「哦？」

「我先入去辦公室，妳坐一會等我。」說完，便吻一下她的頭。

婉琳環顧四周，全是女性客人。

「喝什麼？」

「Lemonade。謝謝。」

筠在忙，給她一杯 Lemonade 就招呼其他客人。

有位身穿西裝背心的客人剛到，她坐在婉琳的旁邊，婉琳對她微笑便望向另一面。

「嗨！平時未見過妳？」

「我第一次來。」

「我叫 Stanley。」

「我叫 Cayenne。」婉琳微笑。

「工作後，我喜歡喝酒來放鬆一下。」

婉琳繼續微笑。

Stanley 開始聊起工作，婉琳不懂，只有聆聽。

筠返回酒吧檯，看到她倆在閒聊，微笑著調酒。

差不多半小時，翼從辦公室走出來，看到婉琳托著頭聆聽對方說話，狀甚嬌媚慵懶。

筠打趣跟翼說，「你老婆幫你省錢，只喝杯 Lemonade。」

翼笑著吻一下她頭，然後才說，「嗨！Stanley！」

Stanley 有點驚訝但仍笑說，「怎麼一直收藏自己女朋友，今天才出來見大家？」

「不是，她早睡，我有時放工回家，她已倒頭大睡。」

婉琳心想，我哪有早睡過？

「我朋友來了，下次再談。Zen，幫我開支紅酒，多謝 Cayenne 聽我吐苦水。」然後 Stanley 握她手，「下次見。」

婉琳微笑點頭。

這時祖意亦從辦公室走出來，「哪一樽？」

筠開了一支法國 Domaine Geantet-Pansiot 的 2016 年紅酒。

「蛤？」婉琳感到不好意思。

「妳不用幫他省錢，他代理歐洲跑車的。」

筠未見過翼呷醋，他倒了一杯給婉琳後，再倒一杯給 Stanley，整瓶一起拿過去。

「Cayenne 說謝謝你。」筠忍著笑。

祖意白了他一眼，「你真是……」

婉琳呷一口紅酒，很重果香味，雖然不懂紅酒但十分喜歡。

Stanley 看見她邊喝邊笑，目光鎖住她身上。

婉琳才發現祖意在這裡，見他穿白恤衫打黑色暗花領帶，笑道，「這麼帥氣！」

筠大笑行開。

翼聽到後她對其他男人的讚賞，再看到 Stanley 對婉琳的目光，越發沉默。

祖意拍拍翼的膊頭，「我回去工作了。」

翼自斟一杯威士忌，站在酒吧檯後看著婉琳，這個女人是真的單純嗎？

喝了兩杯，翼便駕車回家。

在車上，他想起中學時期的他們。

學生會辦事處。

那天祖意在當值，婉琳要借電話。

「學生證。」

婉琳給她學生證，然後撥電話回家。

翼看到祖意一直凝視她的學生證。

三、同居生活

兩人坐在床上看書。

翼緊緊擁抱她，「在妳的眼中，只可以有我。」

婉琳訝異，接著大笑，「你呷醋？」

翼吻住她，婉琳推開他繼續笑。

他沒有放過她，纏著她親密，「叫我老公。」

婉琳羞赧，怎麼關係突然變親密了？

翼看到她害羞的樣子，更想把她揉在掌心裡。

「老公……」婉琳說完便把頭埋在他胸前。

翼高興地狂吻她，「love you……」

她說他從來沒有留意她，其實一早放在心裡，但是那時她太年輕了。

突然電話響起，翼沒有理會。

婉琳皺眉，「老公……電話……」

「哪有人……在床上……接電話？」沒有人可以阻擋他。

電話又響起，竟然是家中的電話。

留言信箱響起，「老闆！」對方震聲道，「日本出現地震，市場將會出現大幅波動……」

翼立即彈起來接電話，「全組同事現在趕過來！」然後衝入浴室。

留下婉琳尷尬地坐在床上。

不消一會，翼已經坐在廚房旁的會議室工作。

婉琳沐浴後，換上運動裝，看到時鐘已經三時多，她準備咖啡，茶及餅乾。

門鐘響起，她跑去開門，同事們個個都睡眼惺忪，身穿運動裝或襯衫短褲。

「一杯黑咖啡，多糖。」

「多奶無糖。」

「奶茶少糖。」

各人用英文向婉琳說。

總共有八人，但她記不到。

她不好意思，敲門入他們的會議室。

「老婆，麻煩妳一杯黑咖啡。」翼看著電腦螢幕。

眾人聽到後差不多從椅子跌下來，紛紛湧出會議室。

「老闆娘，我們自己來好了。」

他們左找右找杯子等，婉琳看到頭痛，最怕別人搞亂她的廚房。

「你們把這壺咖啡，茶，手打鮮奶，方糖放在桌子上好了。」

待會，婉琳把杯子，生果和燕麥餅乾放在桌上。

下屬明韻跟嘉茜細聲地說，「我瞎了眼，老闆娘穿上 Gucci 運動衣，我還把她當家傭。」

婉琳給了翼一杯咖啡，「加了奶，沒放糖。」

翼想說他只要黑咖啡，抬頭看到她頸上的吻痕，才想起「未完的事情」。

他馬上拉她到廚房，圈著她，「對不起。」在唇上吻一下。

婉琳假裝生氣，「現在才記得我。」

「或者我們偷偷地上房……」翼笑道。

「不正經！」婉琳搥他胸口。

「妳先去睡，我還有很多工作要做。」再吻她一下。

「嗯……」明韻清一清喉嚨，她看到婉琳的吻痕。

二人看著她。

「老闆娘，不好意思，我想拿杯水。」

「叫我 Cayenne 好了。」她遞壺冰水，轉身跟翼說，「你去工作，不用理我。」

婉琳在廚房準備一鍋粥，差不多五時多，叫粥店外賣油器及糕點送過來。

眾人開始肚餓，但見老闆仍專注工作，不敢多說。

雖然會議室是開著門，但婉琳先敲門，「打擾了，吃些東西才繼續工作吧。」

「老闆娘真好！」

「叫我 Cayenne 好了。」

各人毫不客氣地狼吞虎嚥，畢竟投資銀行的員工大都是年青力壯。

翼不動地看著電腦。

婉琳拿起碗，餵他。

翼吃了一口，婉琳還以為他怕尷尬，他卻理所當然地吃了一口又一口。

下屬們未見他淘氣的一面，低頭忍著笑。

「好吃。」

「放了蠔豉下火。」

「家中有蠔豉？」

「我去上環買的。」

翼點頭，繼續工作。婉琳搖頭，這個工作狂已經開始敷衍她。

這時家傭已經走進廚房，婉琳吩咐，「請幫忙再添他們咖啡及茶，我上房休息。」

「謝謝太太。」

「叫我 Cayenne 好了。」

小睡兩小時，起來看看他們怎樣，還是工作中，她放下生果盤，便打電話外賣午餐。

平時只有他們兩口，一下子這麼多人，家中的食物不夠。

婉琳坐在書角裡看書等待。

「老闆娘，今天辛苦妳了。」明韻對她另眼相看，以為是她拜金女。

「不客氣，你們通宵工作更辛苦。」

明韻挽著她的手臂，「老闆才不會理我們的死活。」接著扮哭倒在婉琳的身上。

「Ivana！」翼喝道。

明韻更抱緊，婉琳在大笑。

「妳年尾的花紅不要嗎？」翼向她發出警告，竟然大膽地抱他的人！

明韻立刻彈起來，「老闆！我去開門拿午餐。」

婉琳在笑，「Ivana 好可愛啊！」

翼撥一撥婉琳的瀏海，溫柔地說，「累嗎？吃飯後再睡一會？」

「我出去超級市場，他們留下來吃晚飯嗎？」

「我們的工作差不多完成了，妳等我一會，我們一起去。」

婉琳不知不覺在過著「等待」的生活。

兩時多，婉琳硬要翼去小睡一會。

筠打來，「琳琳，翼在家嗎？為什麼他不接電話？」

「他工作了十多個小時，剛剛才睡著，我關了他手機。」

「他還叫我們去家裡看球賽。」

相愛
沒錯

「可以啊！」

「七時見。」

婉琳不知道他們叫她作琳琳。

翼小睡了兩個多小時便起來，婉琳準備好出門。

婉琳打算做 Tacos，她推著手推車，翼在喝咖啡提神。

「多少人過來？」

「他們的女朋友也過來。」

翼走向酒類貨架，「Wayne！」這個男朋友經常突然走開。

他轉身向她做口形，「叫老公。」

婉琳害羞，不肯叫。

翼聳聳肩，繼續行。

婉琳不理他，自顧買食材。

這個女人膽子開始大了，竟然不聽他的，是因為不想公開關係嗎？

他調頭找她，她在凍櫃前左看右看。

「買什麼呢？」

婉琳挽著他的手臂，「買些橄欖好嗎？」

翼點頭。

「麻煩你 300g 橄欖，有杏仁的那種。」

服務員包裝時，突然親了翼一下，「乖乖地跟著我。」

翼笑著從背後擁著她。

「Cayenne！」

翼正想縮開手，婉琳卻拉著他手臂到胸前。

「嗨！Shirley！」婉琳比比手，向翼說，「我預科的舊同學。」再指指翼，「我男朋友 Wayne。」

兩人互相打招呼，寒暄幾句便走了。

翼拍下手推車的相片，上傳社交網站，寫上「一堆蜜糖。」

結帳後，翼拿著所有食材，另一手牽著她，婉琳吃雪糕上車。

翼看到留言，「一堆肉麻。」原來是明韻。

他笑著駕車回家。

婉琳在廚房忙著，翼拿了啤酒和紅酒出來。

叮噹！翼去開門，他們四人一齊到來。

「借洗手間。」筠和女友琪琪一支箭衝進去。

祖意牽著女朋友的手過來跟婉琳打招呼。

婉琳驚叫，「簡瑩瑩！我們是舊生聚會嗎？妳是銀樂隊嗎？」

瑩瑩笑笑，「好記性！」

「妳仍然這麼漂亮！」瑩瑩是公認的校花，皮膚白皙，大眼睛的標準美女。

她只是微笑，她才羨慕婉琳有 165 公分的身材，她還矮了 10 公分。

「有什麼需要幫忙嗎？」

「沒有，做了 Nacho's，幫我放在長檯上好了。」

筠在樓上大笑，「陳翼晨你都有今日，最討厭粉紅色但床單是櫻花，哈哈哈！」

翼喝啤酒，沒有理會他。

婉琳看了翼一眼，他眼裡充滿寵愛。

琪琪上前自我介紹，她是時裝設計師助理，婉琳拉著她，「請坐，喝什麼呢？」

「不好意思，剛剛在西貢工作，在路上堵車。」然後望望桌子，「很多美食，妳自己煮嗎？」

「是啊，很簡單，拿這個 Prawn Tacos 試試。」

三位男士在前廳看球賽，牆上有一個小籃球架，翼一邊看球賽，一邊射籃。

祖意有時過來吃幾口和開聊幾句。

婉琳拿起盤，擺放幾份食物給翼，他接過後摸摸她的頭，繼續看電視。

「想不到你們一起了！從來都不知道妳喜歡他。」瑩瑩好奇。

「你也認識我嗎？我也想不到你們會一起，畢業後就沒有大家消息了。」

「妳是學校的風頭人物，怎會不認識妳？」瑩瑩的年紀比她還小一年。

「是嗎？」婉琳不以為然，她幫瑩瑩倒紅酒。

突然一陣起哄，翼在落力叫喊，湖人隊失分，他喝口啤酒，又在射籃。

真是一位不折不扣的男人，看球賽，既激動又粗魯。

「琳琳，Nachos。」婉琳開始習慣他說話簡潔無尾音。

翼在朋友面前，還是稱呼她的名字。

湖人隊入球，他高興得吻她的頭一下。

祖意看在眼裡，翼把婉琳當作寵物一樣。

喝多了，翼帶點醉意送客，擁著婉琳上房休息。

「今天高興極了！」

他吻著她，完成昨晚未完的事情。

四、公司旅行

這個星期翼也忙壞，因為地震令到金融市場及保險業大受影響，幸好翼和他的組員一早看準了市場下滑，在這個投資上沒有損失。

終於等到星期五，婉琳打算去公司接他。

她穿上白色恤衫襯 Burberry 百摺裙，配上 Boy Chanel 黑色手袋。

放工時間卻忙得不可開交，前台沒有員工。

速遞人員誤把婉琳是接待員，硬塞文件到她手中，另一速遞人員把包裹放在前台，掃描條碼便走了。

「大公司真是忙碌。」

她放下手袋，搬包裹在檯上。

然後前台電話響不停。

「Please hold the line。」婉琳馬上查檯頭的內線號碼。

有位男同事經過，看到一臉清秀的婉琳便問，「請問打印機墨放在哪裡？」

「我去看看。」

她跟著入影印房，左找右找，那男士站在身後打量著她。

突然有把聲介入，「你們在做什麼？」

婉琳轉身，「Wayne！」拍一拍雙手灰塵，用撒嬌的語氣，「我來接你放工。」

祕書貝麗和男同事也嚇了一跳，她是 Wayne Chan 的女朋友？

翼氣炸了但沒作聲，所有人到會議室。

婉琳見他面也黑了就解釋，「我一來到，速遞員不斷硬塞文件包裹給我，你的同事又趕著影印，我就幫忙找打印機墨。」

翼雙眼看著男同事，「你站在她背後做什麼？」

男同事口震震，「我……」

這時行政經理和另一位前台趕過來，「對不起，老闆，前台的同事下午請病假，我下次一定聯絡招聘公司請臨時工。」

「不好意思，我打擾你們的工作。」婉琳抱歉。

其他同事陸續入會議室，明韻大叫，「Cayenne，妳怎麼過來了？」

明韻性格熱情，她用力擁抱婉琳。

「我過來接他吃晚飯。開會嗎？我先出去了。」

明韻看著老闆。

「不用，坐下。」

明韻挽著她的手臂，翼挑起眼眉。

貝麗開口，「公司感謝同事們努力工作，邀請我們復活節到泰國蘇梅島放假四天。」

全場歡呼。

「老闆亦會贊助這次旅行，每人可以帶一位親屬或伴侶一同前往。」

「謝謝老闆，謝謝Cayenne！」明韻聰明地猜到老闆必帶女朋友去旅行。

「哦？」婉琳傻乎乎。

翼跟貝麗說，「妳帶兒子一起去吧。」

「謝謝老闆。」

翼站起來，婉琳跟著走出會議室。

婉琳拿起手袋，「我先去洗手。」

貝麗教訓男同事，「拜託你長眼睛，老闆把她呵在掌心裡。」

全身黑色 Prada 西裝的翼，外表冷酷，看著女朋友的目光卻充滿愛惜。

婉琳在電梯前幫他整理黑色反光的領帶。

「冷嗎？」

「帶了披肩。」婉琳甜甜一笑，他們走進電梯裡。

終於到了旅行的一天。

婉琳第一次跟翼去旅行，而且同事也在場，言行舉止小心翼翼，不敢失禮他。

她穿上白色 Zimmerman 粗吊帶長裙，肩膀綁帶蝴蝶結，配上 Chanel 的沙灘袋。

翼摟著她，在她耳邊說，「第一次跟妳旅行，輕鬆一點。」

婉琳微笑點頭。

Ko Samui Banyan tree，管家帶領各人去屬於自己的別墅。

翼跟各人說，「六時集合一起晚飯。」

踏入別墅，婉琳歡呼，一望無際的海景。

「好美麗的風景！謝謝老公帶我來。」她圈著他的頸，吻他的臉。

翼正想擁著她，她已溜到別墅裡。

放下行李，穿過小廳，睡房在正中間，對外是獨立游泳池。

最內裡是浴室，再走出去就是涼亭。

管家介紹別墅和餐飲服務後，翼叫他們安排小型車到餐廳吃午餐。

婉琳換了運動型的泳衣，外穿草綠色紗裙。

午飯後，他們去海灘游泳，翼穿了連身潛水衣浮潛，婉琳有點累便躲在沙灘椅裡。

有把女生的聲線在後，「那個女人當然貪他的錢，正常人都喜歡男人啦。」

另一位也是女生，笑道，「他是 i-banker，應該有不少女人纏身，看上她是因為有過人之處吧。」

「他也有『過人』之處呢。」兩人哈哈大笑。

明韻看到婉琳在沙灘椅內，「老闆娘！」

後面兩個女人馬上站起來。

「Cayenne！」明韻再大聲叫她。

婉琳給她吵醒，「怎麼了？」她站起伸懶腰。

翼的下屬申培林及王德信的女朋友。

她們兩人面色不自然道，「對不起，我們有沒有吵醒妳？」

婉琳懶洋洋指著明韻。

她全都聽進耳內，但可以怎樣？有需要證明給她們看嗎？

翼剛上水，看到剛睡醒的婉琳，一手抱起她，「小懶豬，不去游泳嗎？」

「我想在泳池游泳。」

「好吧。」翼跟各人打過招呼就離開。

婉琳緊緊地摟著翼，她知道這條路不易行，但她仍願意去試。

翼在沖洗時，她換了粉紅色比基尼泳衣在游泳。

他出來的時候，看到她既性感又誘人，正想跳下水，門鐘卻響起來。

原來是下屬培林和他的女朋友詠恩。

「嗨，我來拿積木及玩具車給貝麗的兒子。」

翼點頭，「Cayenne！」

婉琳上水，連忙拿毛巾圍著自己跑到房間。

「對不起，忘記了，請等等。」

詠恩不禁驚嘆婉琳的姣好身材，同時也偷偷瞄了幾次翼的結實的腹肌，雖然他的毛巾遮了大部分的胸膛，但確實跟男人無礙，甚至比男人更男人。

婉琳遞給詠恩，「麻煩妳了！」

「不會。」

翼再次點頭，便擁著婉琳回到別墅裡。

「Cayenne 真貼心，對祕書也關懷備至。」培林笑他的女朋友，「妳怎麼見到她很慌張的樣子？」

詠恩說了今天的事情，培林聽到面也白了，罵道，「妳的腦袋在哪裡？妳想我以後在投行界沒有發展嗎？別人的女朋友是幫忙，妳卻是幫倒忙！」

「她應該沒聽見啦！」詠恩發脾氣。

「妳以後說話小心！」他氣憤地撇下她一人。

門外發生什麼事，翼不知道，只知道懷裡的人兒正享受他給的歡愉。

「老公……不要……別人看到……」婉琳拒絕在涼亭中纏綿。

翼只是笑笑。

中學的圖書館在二樓，翼剛還書後，冒失的婉琳撞入他懷中，她紅著臉說對不起，那時候感到她特別可愛。

他就是喜歡她單純的樣子，還有……

翼的熱情令她忘記世間上的批判。

晚上大家約在渡假村的餐廳，享受 wood fire pizza 和啤酒，晚飯後，貝麗帶著兒子跟婉琳說聲謝謝，然後先回別墅休息。

翼坐在長檯的主人位置，跟同事們有說有笑，旁邊的婉琳慵懶地倚在椅子上喝著 Mojito 跟明韻閒聊。

培林拉著女朋友過來閒聊，打算說些討好的話。

「Cayenne，妳的 Daytona 手錶好漂亮，不容易買到啊！」培林讚道。

「是嗎？」婉琳疑惑，「我自己平時很隨意，只穿運動衣。」

詠恩誇張地說，「Cayenne 穿什麼也好看。」

明韻挑起眉，怎麼這兩人突然討好婉琳。

婉琳不以為然。

明韻轉移話題，「妳怎樣認識我們的老闆？」其他人聽到也湊過來熱鬧。

婉琳想一想，「我中學時看過他籃球比賽，就喜歡他了。畢業後，我們沒有聯絡，然後在上海的酒店重遇，我們就一起了。」

明韻驚呼，「妳很長情啊！老闆很幸福啦！」

「沒有什麼啦！」婉琳害羞，「我覺得自己不夠好，所以我才是幸福的一個。」

翼聽到，不禁微笑。

眾人起哄，高呼肉麻，明韻大笑，「老闆平時『運動』很久嗎？」

婉琳不明，「什麼運動？」

「你們在涼亭呀？」

婉琳的臉唰的一下紅了，翼給啤酒嗆到。

「老闆在偷聽！」

翼沒好氣，「妳不是偷看嗎？」

明韻喝醉，膽子大，「我也不想看啊！」

婉琳太害羞，坐在翼的大腿上，圈住他頸項，把頭埋在裡面。

翼擁著她腰，笑道，「誰請 Ivana 回來？我年尾要評核工作能力。」

眾人喝倒采。

同事們很少看到老闆說笑。

明韻嚷著，「Cayenne，妳喜歡老闆什麼？他這樣壞！」

婉琳的頭緊貼在翼旁，嘻嘻笑。

「她喜歡我，可能會受苦啊。」眼神溫柔地看著她。

其他人聽到以為老闆指大男人主義，但詠恩她們聽到後覺得羞愧。

「Let's see.」婉琳又扮鬼臉。

翼站起來，拍拍她的臀部，「各位晚安！明天我們到市中心逛逛，有興趣就一起來。」

牽著婉琳的手，召小型車返回最高的別墅。

臨睡前，婉琳伏在翼的身上，「你喜歡我什麼？」

翼掃掃她的頭髮，「傻。」

婉琳扁扁嘴，拉被睡覺，翼從後擁著她，感到安寧。

朝早起來，翼披條毛巾在膊頭，準備剃鬚，他拿起梳在弄他的斜式瀏海短髮，「老婆，我梳油頭可好？」

婉琳看一眼，「不好。」繼續收拾他的睡衣。

翼在笑，婉琳淘氣地用手抹他剃鬚膏。

他上傳他們嬉戲的樣子，第一張黑白照，寫上「Why？Just because！」

婉琳看到相片，「這麼帥氣！」接著也拍了一張，寫上「太帥了！」

她換了一套鮮黃色連身裙、草帽，便起程了。

「老婆！」

婉琳轉頭，翼拍下她回眸的一刻，寫上：「My sun, my love.」

兩個人一起，最重要是快樂。

回港後，翼又開始過著忙碌的工作生活。

五、二人相處

婉琳在整理房間，發現翼的衣帽間有個盒子，她不敢好奇，兩個人一起，也要尊重對方隱私。

電話響起。

「媽？」

翼放工回來，看到婉琳欲言又止的模樣，「怎麼了？」

「嗯……你……想不想見……我的家人？」婉琳不知怎開口。

翼高興，「為什麼不？」

婉琳的語氣不太肯定，「雖然我們一起只有三個月多，我怕你覺得見家長太隆重，但我又不能不經常在家……」

翼想一想，「對不起，我沒有考慮這一點。」

「那我明天回家睡，大後天我們約中午喝茶？」

翼不太願意，但不想表現出來，「妳習慣我不在你身邊嗎？」

「只是兩晚吧。」婉琳沒所謂的樣子，「你快點去洗澡。」

翼打電話給貝麗，「請幫我訂……」婉琳做了9的手勢，「九位在四季龍景軒，星期五七時。謝謝。」

婉琳皺眉，「老公，是星期六的中午。」

翼聳聳肩，「是嗎？但訂了。」她竟然膽敢離家兩晚。

第二天的中午，婉琳拿著行李箱回家，給了媽媽一些家用，她在客廳
睡覺。

翼整天在公司心不在焉，來回踱步，同事們問貝麗，「我們最近有大
客戶嗎？」

貝麗不知道，但不會八卦老闆的行蹤，只說，「不太清楚呢。」

同事們在緊張有什麼大客戶，其實翼在想買什麼作見面禮。

回家後，翼不習慣她不在家，因為已習慣了她的迎接，溫暖的飯菜，
還有她的橄欖沐浴露味道。

「怎麼她連短訊也沒有給我？」

睡不著。

又不想主動打電話。

等了又等，終於聽到訊息響起，「不要工作太晚，想你，晚安。」

翼微笑，可以睡了。

早上回到公司。

明韻問貝麗，「老闆這麼帥，相親嗎？」

一套黑色光面的 Giorgio Armani 三件頭西裝，淺藍色恤衫配黑白小
格領帶，他還特別將瀏海梳到微微向上。

貝麗還以為老闆見客，看來是見家長。

翼在午餐時外出買些見面禮。

婉琳和家人第一次在四季吃飯。

「訂了九位，Wayne Chan。」

經理帶位，「童小姐，請。」

「妳男朋友包了廂房。」舅父笑道。

一開門，翼帥氣地上來迎接，「各位 Aunties，Uncle 好！請坐。」

童太太給翼的氣場壓住，一副公子模樣的他怎會看上婉琳。

經理上前倒茶給各人。

「我叫 Wayne，這是我的名片。」

姨母問，「歐洲銀行？」

「是的。」

突然好像打開了話題，什麼投資分析，什麼股票賣買，婉琳以為自己在交易所。

同時，翼已向經理微微點頭示意上菜。

燉竹笙、禾麻鮑、蒸龍蝦、片皮鴨、扣鵝掌、炒飯、甜品是杏汁湯圓。

「婉琳說過 Aunties 都喜歡杏仁茶，希望你們喜歡這裡的菜式。」

個個對菜式讚不絕口，也對翼的風度，禮貌也非常欣賞。

「我跟婉琳在上海工作時認識的，我們交往後聚少離多，她的工作經常往內地兩邊走，我有個助理職位，不知 Auntie 可否勸她考慮一下？」

童太太正想說好，卻想到她又回到家裡住，挺不方便。

「如果妳不介意，婉琳暫時在我家先住下來，方便她上下班。」

童太太不太贊成同居，但總不能她回來一直睡客廳吧。

「她能勝任就好了。」

晚飯尾聲，翼送了海味給各人，「不好意思，我第一次見家長，希望以後能跟大家多吃飯聊天。」接著跟各人握手，亦安排了 Uber 送各人回家。

婉琳跟媽媽說，「這一陣子也沒有旅行團，不如我留在家中陪你們。」

童太太尷尬地笑，「妳男朋友不是有客房嗎？」他們受夠了一出客廳就踢到行李箱。

「琳琳，喝杯咖啡才回家嗎？」翼趁機牽著她的手。

婉琳無奈，「那我明天就搬到他家吧。」

翼拉著她上跑車回家。

一下車，他就抱著她上房。

「老公，有這麼好氣力嗎？」

「大膽了，竟然不想回家。」

婉琳很高興他說出「家」這個字。

她笑著，溫馴地給對方纏綿一整晚。

每個週末的晚上，翼都習慣到酒吧一趟，現在有了女朋友，總想花點時間二人相處。

但做生意不親力親為，很難賺錢，雖然祖意和筠是小股東，但決策也是要親自處理。

翼打開帳目，祖意清楚整齊地列明所有收入開支雜費。

「最近澳洲的紅酒便宜，不如將 house wine 轉 Penfolds？」

「好的。」

筠在整理新酒，婉琳拉著筠，「我肚餓！」

「肚餓找妳老公。」

「他在忙！」

「我也在忙！」

婉琳索性圈著他的頸，誰叫他跟她一樣高。

筠難擋她的糾纏，大叫，「陳翼晨，快來管你的老婆！」

祖意看到，「琳琳又欺負他的身高。」

翼微笑，繼續看帳目，「難得她輕鬆自在。」

「她喜歡你，自然想在你面前表現最好的一面。」

婉琳穿上深藍色牛仔連衣裙，配上 Loewe 的斜挎包，白色 Veja 球鞋，偶然簡潔打扮也十分清新。

「老婆，吃宵夜嗎？」

婉琳點頭。

「不去了，星期六最忙。」祖意婉拒。

筠點頭，「新的 Gin 送了過來，我想試酒，我都不去了。」

婉琳可惜，「下星期我們再約好嗎？」

「好的，瑩瑩也想見妳。」

翼牽著她的手去附近的茶餐廳。

「老公都吃這些嗎？」

翼大笑，「我只是普通人一個。」

婉琳坐下，「魚片頭米線，凍檸檬茶。」

「我也一樣，冬蔭功湯底，凍檸蜜。」

熱湯上來，婉琳在他的碗裡舀了兩匙湯，「我怕辣。」對他甜甜一笑。

翼眼神寵溺地看著她。

愛情是很特別的感覺，當它來的時候，自己不能控制付出多與少，愛得有多深與淺。

「好飽。」一臉滿足的樣子。翼喜歡她單純的性格。

「回家吧。」

婉琳牽著他手。

就是遇上一個人，想跟她一起回家的感覺。

他們培養了睡前讀書的習慣。

「妳在看什麼？」翼看到婉琳玩手機。

「印度菜烹飪班，可以幫助少數族裔融入社區，而且相互交流文化。」

是的，還有喜歡她的善良。

「我想吃 butter chicken 和 coconut soup。」

婉琳抬頭，「老公，coconut soup 是泰國菜。」

「哦，是嗎？」他低頭吻她。

中二的那年，婉琳打算發起印度地震籌款，跟班主任商量後開始籌備，當時翼想用學生會舊主席身分幫忙。

「如果你想幫她，可以跟她班主任說一聲。」祖意提議。

當翼正想提出計劃，婉琳的方案卻被鄰班的好友利用大出風頭，她只是輕輕帶過，能夠幫助別人就好了。

他怎會不留意她？

七月是婉琳的三十一歲生日，翼已在籌備慶祝，正計劃帶她去哪兒渡假。

明韻知道她的生日，也想幫她慶祝。

「不，我們二人世界。」翼冷酷地拒絕。

「老闆！」明韻在抗議，「Cayenne 喜歡熱鬧！」

投資銀行的會議室，結果變了生日討論會。

貝麗也喜歡婉琳，她嘗試打圓場，「何時生日？」

「五號！」明韻搶答，然後看著翼做鬼臉，她最喜歡整蠱老闆，令他由冷靜變得抓狂。

貝麗一看老闆的行程表，為什麼六號至二十六號全封鎖，誰人有這個權利？

她光火誰敢動她的管理權，正想打電話，卻見到是大老闆的祕書莉芙做的。

「莉芙，妳好，我是貝麗，請問我老闆的行程表，為什麼六號至二十六號的日程表全封鎖了？」翼挑起了眉。

「好，好，知道了，待會見。」貝麗準備起身，「老闆，大老闆正過來。」

大老闆唐敏力一進來，全部同事也站起來，「請坐。」他經過翼的身邊，拍拍他肩頭。

「長話短說，總公司希望我們飛去美國，爭取中國一間公司改爲在香港公司上市。Wayne，你帶隨同事一同前往，做些準備，六號前往紐約。」

想不到這份差事落在他身上。

大老闆跟他說，「年終升哪一位去香港區總裁，就看你的表現了。」

翼爲之一振，頓時忘記婉琳的生日。

放工回家，看到婉琳一身紗麗服，端著薄餅和咖喱到檯上。

翼解著領帶，笑說，「我的印度西施，今晚吃什麼呢？」

「總之沒有椰子雞湯。」她不忘揶揄他。

吃到一半，翼才想起婉琳的生日。

「嗯，原本想跟妳去日本旅行慶祝生日，但六號我要飛去紐約，對不起，今年只能留港慶祝。」

婉琳拿薄餅沾著咖喱，「沒所謂。」然後轉換話題，「今天好好玩啊，一起煮咖喱，一起……」

因爲即將要飛往紐約，翼一直在加班工作，直到婉琳的生日前兩天，他訂了中餐廳，提早和她及她家人慶祝，然後晚上到酒吧跟朋友們慶祝。

生日正日，翼選了香格里拉的餐廳。

婉琳穿了桃紅色的荷葉邊的裙，高貴又不失活潑。

翼拉著婉琳的手，吻一下，「對不起，今年我會抽時間跟妳去旅行。」

「沒關係，工作要緊。」她知道他是工作狂。

他遞上一個盒,「生日快樂!」

婉琳微笑,打開禮物,是一條 mikimoto 手鍊。「好漂亮,謝謝!」

回家後,婉琳把禮物收好,她打扮只是為了他。

「我幫你收拾行李?」

「不用。」

翼把櫃裡的小盒子放在行李內。

大家沒想過這出差是一場耐力賽。

六、事業危機

翼在紐約差不多十多天,對方還未肯接見他們。

因為時差的關係,婉琳每天只等翼的來電,很怕打擾他的工作。

由每天一次減至三天才一次來電,有時語氣敷衍,有時語氣不耐煩。

婉琳唯有等待,與此同時,她開始做義工,學駕駛和烹飪班課程。

明韻每晚都會發短訊給婉琳。

「老闆的心情不太好,對方不肯接見我們。」

婉琳無奈,不知道怎安慰他。

「不能陪伴你們,好好照顧自己!」

婉琳繼續學習,亦開始聯絡大學舊同學。

她還未想聯絡中學同學,不知道怎讓她們知道他們在一起。

凱雯是她的大學舊同學,「Cayenne,妳不算考藍帶試嗎?」

「不了,我怕男朋友打電話來,我沒時間接聽。」

又過了一星期,已經八月了,翼還沒回來。

明韻說他們士氣很低落,公司的壓力,對方的為難,令他們透不過氣來。

婉琳又焦急又難過。

其實翼的心情一樣,除了工作上的壓力,毫無進展,他身體上的荷爾蒙藥慢慢減退,所以他不想跟婉琳談電話。

貝麗來到他們的家。

「Cayenne，不好意思，我來幫老闆帶東西去紐約。」

婉琳疑惑，「什麼東西？」

貝麗支吾以對，「嗯，老闆的小盒子。」

婉琳明白，然後語氣轉為懇求，「對不起，妳可以帶我過去嗎？」

紐約市中心。

貝麗駕車，婉琳提議先到本地及華人超級市場，購買一堆日常用品，新鮮蔬果及中式湯料。

「謝謝妳，貝麗，沒有妳，我什麼也辦不到。」婉琳真誠地說。

他們到達住所，已經是下午了，一間在山上的大屋。

一入屋，婉琳她們被眼前景象嚇呆，怎麼一片烏煙瘴氣？

隨地都是比薩盒、速食麵碗……等等，他們沒有收拾便在房休息。

婉琳馬上從購物袋裡拿起手套和膠袋清理環境，「貝麗，麻煩妳把食物放進冰箱裡。」

貝麗佩服她的先見之明。

婉琳勤快地洗擦，做好一鍋粥後，再清潔浴室。

這時明韻剛起來，看到婉琳在炒麵，她頓時哭起來，「老闆娘，我發夢嗎？」

婉琳在笑，「妳才睡醒，又想發夢？」

明韻叫醒其他同事，他們看到熱騰騰的食物也很感動。

他們由衷感激婉琳的體貼。

貝麗敲翼的房門，遞了小盒子。

「我們開動吧！」婉琳掩飾她心中的顧慮，害怕他責怪自己無緣無故飛過來。

翼打開房門，看到婉琳已煮好晚飯，所有的思念一瞬間湧上來。

「妳來了？」他抱著她，吻她頭額一下。

「對不起，我沒有預先通知你。」

翼沒有回答，只是緊緊擁著她前來飯桌，上下輕撫她的手臂，「開動吧。」

晚飯後，大家精神好了很多，婉琳她們因為時差關係而先休息。

翼看著熟睡的婉琳，「謝謝妳。」

她的出現令到他更安心，更無後顧之憂去衝刺自己的事業。

這一刻，翼在想，給自己多一個星期，他要帶她回家。

差不多天亮，婉琳清醒過來，發覺翼在擁著她睡。

細看之下，少了藥的他更像她以前喜歡的模樣。

「我愛妳。」婉琳輕聲道。

這句說話她想說很久了，就算交往過兩位男朋友，仍未忘記她的陳翼晨。

翼睡眼惺忪，彷彿聽到她說我愛你，他微笑，「我也愛妳。」

他伸展一下，打呵欠，「睡醒了嗎？」

婉琳點頭，「你再睡多一會，午飯前我們拜訪客戶侯先生。」

翼再倒頭大睡。

差不多八時，各人起來幫忙弄早餐，翼喝著咖啡，再看看文件。

中午時分，大家準備出發，婉琳換了上海灘的粉紅色絲質連身裙，手提著一個大袋，「請讓我跟你們一同前往。」

翼不明，但讓她一同前往。

一間大宅。

侯氏打算將科技公司在美國上市集資。

翼先開口，「謝謝侯主席再次給機會我們，我深信在香港上市，我們的服務能為集團帶來最大的利益，香港有完善的監管架構，稅率低，

沒有外匯管制，資金流動不受限制，希望主席能夠考慮回來上市，就如回家一樣，帶來市場新景象。」

侯氏突然嗅到一股熟悉的味道，「什麼來的？」

婉琳驟然站起來，欠欠身，「不好意思，是東坡肉。」

侯氏露出驚訝和渴望的表情，「我可以嘗嘗嗎？」

其他同事想不到有此一舉，內心驚嘆，翼更訝異婉琳竟然大清早準備這些。

婉琳拿起她的中式食盒，內裡有東坡肉，龍井蝦仁，白飯和一壺茶。

侯氏讚嘆，「很有家的味道，謝謝妳。」

翼微笑，握著婉琳的手。

「謝謝，很高興得到你的讚賞。杭州師傅說，東坡肉要用了一天的時間來做，所以才有家的味道。」

侯氏一邊細味，一邊思考，「陳總，讓我再考慮考慮。」

翼站起來，手扶著婉琳的背部，一同跟侯氏道謝，「我們再見。」

一上車，眾人在鬆一口氣，「Cayenne，妳是杭州人嗎？」

婉琳笑笑，「不是啊，我只懂這兩款菜。」

翼沒有作聲，只是緊緊地握著她的手，眼望向窗外，原來這段日子，她自個兒努力學習，還在背後默默地支持他。

明韻讚歎，「最厲害是老闆跟老闆娘用『家』來引起侯主席的共鳴感。」

下午各人忙碌於準備第三次會議，電話突然響起來，是侯氏的助手。

「陳總，老闆說，由你安排在香港上市。」翼聽後十分激動，「謝謝，我會吩咐法務部同事準備合約。」

他掛線，大叫「Yes！」

翼高興地宣布，「侯氏集團將會在香港上市！」

眾同事非常高興，各人馬上跟香港的辦公室聯絡。

翼連忙打電話給大老闆。

婉琳看著翼，在她眼中，認眞工作時最有吸引力。

通話完畢，翼走過來擁抱婉琳，「終於可以回家了！」

他吩咐貝麗訂 Le Bernardin，溫柔地跟婉琳說，「他們的 seafood truffle pasta 妳會喜歡。」

婉琳穿上一條 Chloe little black dress，配 Bottega Veneta 的小手袋。

翼看到她的打扮，感覺眼前一亮。

晚飯中，翼舉杯向各同事致謝，「我亦很感激貝麗爲我們打點一切，當然 Cayenne 的支持亦很重要！」

明韻興奮，「結婚！結婚！」

德信得悉當日女朋友的失禮，再看到婉琳的體貼和聰慧，知道什麼是絆腳石和踏腳石，他們肯定老闆會再晉升一級。

他笑著提議，「老闆喜歡喝酒，在法國酒莊舉行就浪漫了。」

法國是其中一個承認他們的婚姻的國家。

翼只是笑笑。

嘉茜故作輕鬆地問，「怎樣，你和你女朋友也打算結婚嗎？」

德信鬆鬆肩，「我們分開了，她的人生觀跟我不同，一起下去也沒意思。」

嘉茜一向喜歡德信，心裡暗暗偷笑。

婉琳低頭吃甜品，當作沒聽見。

培林明白他的意思，雖然他心裡很氣忿女朋友的言行，但沒想過會分開。

翼見婉琳不作聲，「怎麼了？」

婉琳笑瞇瞇，「太好吃了！我可以試你的那份嗎？」

她在生活上簡單，容易滿足，想不到她的另一面是如此聰慧。

回到大宅，婉琳在衣帽間更衣，翼走進來擁吻著她。

「老公⋯⋯」

親密後，兩人擁在一起，各自在想：結婚嗎？

婉琳從沒有這個想法，這麼多年終於一起，只想好好維護這段感情，太重的承諾又覺得未是時候。

翼也在猶豫，婉琳是溫柔可人，但害怕她像前度女朋友一樣，最終受不住壓力而離開。

況且雙方的家人又如何解釋呢？

明韻一句無心的說話，令他們的關係有點變化。

七、搖擺不定

回港後，翼因為忙著上市的事情，幾乎每晚零晨才回來。

兩人差不多一星期沒有交談，頭幾天婉琳在家中苦等，慢慢地怕他有壓力，便開始各自忙碌，好不容易才到週末。

婉琳比他早起來，輕手輕腳地下樓吃簡單的早餐。

「老婆！」樓上的聲音。

婉琳連忙上樓，「怎麼了？」

翼招招手，婉琳坐在他旁。

「我好像一星期沒有見妳了。」一睜眼，就想她在身旁。

婉琳微笑，「早餐想吃什麼？」

「一起外出吧。」

翼駕著跑車，跟婉琳在太古廣場吃早餐，再去連卡佛逛街。

婉琳隨意看看花瓶，經理上前，遞上另一個較小的，「童小姐，可配成一套。」

翼側目，聽到「童小姐」感覺得奇怪。

翼故意行遠一點點，突然回頭，「老婆，我想去看看音響。」

婉琳立即臉紅，急速地拉著他走。

翼卻不動，向經理說，「待會我再過來。」

「這麼大聲幹嘛？」婉琳在埋怨。

「有嗎？」翼在笑。

電話響起，是筠。

「今晚過來？我問琳琳，等等。」翼還未問，婉琳已經點頭。

「她說好。」翼便掛線，「去超級市場。」

婉琳再點頭。

翼牽著婉琳的手，跟經理說，「趕時間，我們下次再來。」

婉琳做了不好意思的表情。

「今晚籃球總決賽，買些啤酒回家。」

婉琳停下來看沙律醬汁，「老公，生果沙律還是蔬菜沙律？」

翼摟著她的頸，「怎麼現在不怕別人知道我是妳老公？」

「因為這裡沒有人認識你和我。」婉琳微笑，「你換了『老婆』也沒有人知。」

翼拍一下她臀部。他在想怎做才能給她多點信心。

祖意，瑩瑩買了甜品過來，筠只有他一個人。

婉琳左望右望，「琪琪呢？」

筠喝口啤酒，「分手了。」

「怎麼了？」婉琳露出難過的樣子，怪不得過來喝酒。

翼不以為然，「琳琳。」做手勢叫婉琳拿食物來。

「是！」婉琳連忙遞上。

祖意先拿晚餐給瑩瑩，翼已經叫住他，「祖，快過來坐下。」

他沒有理會，「喝什麼？」

瑩瑩笑笑，「不用了，我自己會拿。」

婉琳羨慕，「好體貼！」

筠過來，「琳琳，還有啤酒嗎？」

「我幫你拿。」

「不用，我不是陳翼晨。」筠也奇怪翼變得難服侍。

婉琳走向廚房，「怎麼分手了？」

筠被嗆到，「沒有特別理由。」然後大笑摸她的頭。

瑩瑩軟綿綿的聲線說，「他經常換女朋友，不用理他，我也記不住名字。」

婉琳白擔心一場。

「妳和祖一起多久了？」婉琳幫瑩瑩倒杯水。

瑩瑩想一想，「我們一起也有五年了，大學竟然同學系，但他是碩士生，工作幾年後就一起了。」

「嗯……之後，打算怎樣？」

「我們正在儲錢買屋。」

婉琳吞吞吐吐，「嗯，打算結婚嗎？」

瑩瑩用不太肯定的語氣回答，「不知道，我們沒有討論過，但兩個人一起，也不需要一張紙，況且我們的家人是不支持的。」

這也是婉琳擔心的問題。

瑩瑩用半開玩笑地問，「怎麼了？Wayne 求婚了嗎？」

「沒有，沒有！」婉琳慌忙回應。

「兩個人最重要是舒服，坦誠和快樂，就算家人不支持，生活艱辛一點，但我們愛對方，我相信我們能一起走下去。」

瑩瑩深信他們的感情。

她看著婉琳，這位也曾經是學校風頭人物，現在竟然跟她討論愛情。

「童婉琳，連續三年最佳風紀長，至今從未有人打破紀錄。」當年蓄短髮，外表女孩子的她，一舉手一投足卻充滿男孩子的風度，什麼事情也禮讓其他女同學，想不到她喜歡的竟然是陳翼晨。

祖意看到瑩瑩用複習的眼神看著婉琳，他走過長檯，「聊什麼？」

瑩瑩回過神來，「中學的事情。」

婉琳在慨嘆時間的流逝，從前的她是不會畏首畏尾的⋯⋯
翼瞥了一眼，感到他們的氣氛有點怪異。
籃球比賽完畢，送走客人，婉琳有些悶悶不樂的樣子。
「怎麼了？」
「沒什麼。」婉琳連忙掛起笑容。
翼壓在她身上，「妳愛我嗎？」
她圈在他的頸項，「十分愛。」
翼吻著她。
這幾天他是故意冷落她，因為他想確定自己的心意。
他很希望有一個人能接受並愛上他最眞實的一面，他沒辦法承諾他不會變，不是感情上，而是生活態度，所以他耍壞，試探她將來能否接受老年頑固的他。
他是希望有長久的關係。
現在發現有了婉琳後，連逛超市都變得有趣。
但婉琳發覺她變得沒自信。
這些日子都是乾等著翼的回來，生活變得意義不大。
關係好像變了「給予與接受」。
她怎樣做才變成最好的自己呢？怎樣才可以做「給予」的角色呢？
翼沒有跟她說，她給予他最大的快樂。
星期日的中午，翼跟婉琳看電影，然後在附近吃午餐。
他牽著她手，感到踏實和幸福。
坐下來，翼看過餐牌便點菜，「沙律，海鮮 pizza。」
問婉琳，「Mojito？」
婉琳點頭。
點菜後，翼看著婉琳。

「妳持什麼護照？」

「澳洲護照。」

「我是加拿大的，我們去法國不用簽證。」

婉琳好奇，「哦？」

翼握住她手，「謝謝妳的照顧，令到我有被愛的感覺，每天放工，都想回家，因為有妳在。」

婉琳有點害羞，「肉麻！」

「我很抱歉，因為我熱愛我的工作而疏忽了妳，但我不能減少我的工作，但餘下的時間我會陪伴著妳，we will have some great time。」

婉琳感激他的坦白，她是知道他熱愛工作，第一天已經知道了，這亦是她的選擇。

「妳喜歡，妳可以工作，培養新興趣，見見朋友，不用事事以我為中心。我感激妳為我付出，但我只是想妳快樂。」

婉琳很感動，閃著淚光，點頭，「明白了。」

翼輕輕捉住她雙手，「童婉琳，妳願意……」

婉琳連忙掩他嘴，「陳先生，你打算用 pizza 來求婚嗎？」

翼大笑，「妳……」

婉琳把 Pizza 放進他口裡，「吃吧，不要再說。」

想不到有被求婚的一天，婉琳心跳得好快。

這麼多年，看著他仍然有心跳的感覺。

她是快樂的。

翼駕車回家，手牽著的時候，心裡踏實是這樣的，他低頭微笑。

看來她應該答應了，要好好準備求婚。

翼下車後，先拿鎖匙出來，正準備開門，突然有一條身影撲出來。

「Wayne！」一位女子擁著他在哭，然後拉下他的頸項想吻他。

八、為誰傾心

翼擋下來，「妳怎麼了？」

對方擁著他，「我想你！」

翼驚愕，亦心痛，他等這句說話很久了。

婉琳手足無措地看著他倆。

翼想擁抱她時，才發醒覺婉琳站在他們的一旁。

「我……先離開一下？」婉琳怯弱地問。

翼自責，緩緩地推開對方，「對不起，我朋友黃茵。」

黃茵錯愕地看著婉琳，「妳是？」

婉琳馬上答，「他朋友！」然後笑著說，「Wayne，我……不如……」

翼為他自己一塌糊塗的行為而感到羞愧，他拉著婉琳的手，「黃茵，她是我的女朋友，童婉琳。」

婉琳尷尬這種場面，「或者我先……」

翼打斷她的話，「妳在家等我，我待會回來。」

婉琳入屋後，看著翼關門，感覺他的心已經不在這裡。

但她心跳得得厲害，她知道她是誰。

黃茵是城中有名的律師顧問，婉琳自覺完全比下去了。

婉琳焦急，不知道應該怎樣？應該相信翼嗎？但他剛才的眼神流露出對她的期望。

想著想著就不自覺流下眼淚。

LOVE

晚上十時多，沒有收到短訊和電話，婉琳獨自回房，細想今天究竟發生了什麼事。

爲什麼一下子由天堂跌進了地獄？

在她的生活裡，從未試過順境，她又怎會幸運地跟自己喜歡的人一起？

婉琳坐在黑暗的樓梯等待，直到零晨三時多，終於冷靜下來。

第二天的早上，婉琳若無其事地做早餐，不聞不問昨天翼去了哪裡。

翼看到婉琳的紅腫眼睛，就知道她哭過，昨天他還說她的快樂最重要，結果害她哭慘了。

「今晚我早些回來。」翼吻一下她的頭。

「好啊。」婉琳弱弱一笑。

她努力忘記發生過的事情，好好準備今晚的晚餐。

等了一個晚上，翼沒有回來。

大清早，才聽到他回來，婉琳裝睡。

翼看到她，萬分內疚，一位是陪伴三、四年的舊情人，一位是相處四個月的新女朋友，明明被舊愛傷了心，仍忍不住自投羅網。

他要做個決定。

整個星期他倆避而不見，直到週末，翼坐在家中，嘗試跟婉琳坦白說出他的感受。

「對不起，我以爲我放下來……對不起，我搖擺不定傷害了妳。」

婉琳忍著淚，「我明白的，沒事。」

門鐘響起來，翼去開門，黃茵看到婉琳，「你還未跟她說嗎？」

翼把她推出門，「妳怎麼了？」

婉琳聽到，轉身極力抑壓哭泣聲，原來已經選了她，只是未開口說。

翼向門裡大喊，「琳琳，我待會回來。」他要送黃茵回家。

聽到關門的一刻，婉琳把克制已久的眼淚釋放出來。

那一天，婉琳坐在樓梯一整晚，她已經做了心理準備。

她打電話給凱雯，「我可以暫住妳家嗎？」

翼的心情七上八下，他也很矛盾，看到黃茵便想起婉琳，回到家又想起黃茵。

他回家後，發覺婉琳不見了，名貴的衣服，手袋收納在箱內，但貼身用品就拿走了。

只留下一張字條，「謝謝你。」

她退出，她放棄，她沒自信把他留下來。

翼大力的拍檯一下。

他打電話給婉琳，但她已關機。

「What the……」

他不知道從哪裡可以找到她。

翼抓頭，然後駕車去酒吧。

「翼，怎麼了？臉色這麼難看？」祖意擔心地問。

「琳琳不見了。」

筠嚇到，「怎會不見了？」

翼從頭說起，筠聽完後，差不多要動手揍他。

「你和黃茵竟然這樣對她。陳翼晨，你會不會太過分了？」

祖意拉著筠，「不要在自己的店裡生事。」

筠氣憤，「不要拉著我！那個黃茵當初怎樣傷害你，你忘記了嗎？」

翼感到胸口似被打中一拳，好痛好痛。

「她這樣對你，你卻這樣對琳琳！」

翼倒坐在椅上。

祖意安慰道，「會不會回到她媽媽家？」

翼翻查 Uber 紀錄，或者明天上她家一趟。

短訊訊息響起，大家連忙看看，「你今晚來我家嗎？」

筠說了一句髒話就走開，祖意也沒說什麼。

關店後，祖意回家，看到熟睡的瑩瑩，便擁著她說句，「這樣就好了。」

瑩瑩被他弄醒，「什麼這樣就好了？」

祖意說了事情的大概。

瑩瑩十分憤怒，「他怎可以這樣？你們這些沒有心肝的，我們為了跟你們一起，家人和朋友也少聯絡……」

祖意連忙叫停，「是他，不是我，怎麼連我也拖下水？」

「你以前有多少女朋友？」

祖意認真地說，「瑩，兩回事，ok？」

瑩瑩嘟起了嘴，「好啦，對不起。」

「妳可以幫忙找琳琳嗎？」

「明天吧。」

祖意吻一下她，「謝謝。」

瑩瑩慨嘆，「找到又怎樣？他確定了嗎？」

「作為朋友，我只想知道她安全。」

翼回到家中，感到非常空虛和內疚，但又沒法對黃茵置之不理。

他躺在床上，再沒有橄欖的沐浴露味道。

半夜醒來，發覺身邊少了一個人，那個全心全意愛他的人不見了。

好不容易捱到天亮。

翼藉著中秋節的來臨，帶了兩盒酒店的月餅給童太太。

童太太笑笑，「婉琳說你最近很忙，昨天已經把月餅送過來，怎麼今天你又親自過來？」

翼聽得出婉琳不在此處，「今天過來見客，順道來拜訪妳。」

童太太在雪櫃裡拿出川貝，「婉琳說你有兩聲咳，你拿回去叫她煲湯給你喝。不要太操勞啊！」

「謝謝！」

「眞是有禮貌的孩子。」童太太很滿意她的準女婿。

翼坐在車上，很生氣自己的行爲，婉琳無時無刻都爲他著想，但他竟然這樣。

現在滿腦子也是婉琳爲他做的一切。

婉琳搬到凱雯的家，每晚在想，自己有什麼不好，想著想著便流淚，直到哭到累睡著。

每天醒來都希望是新的一天，希望自己不會再哭。

凱雯敲門，「心情怎樣？一起做麵包，好嗎？」

婉琳不好意思拒絕。

做麵包過程需要專注，做更複雜的，雙手不斷扭動麵糰，竟然有治癒的感覺。

「看，我的麵包球越來越圓了。」婉琳終於笑了。

凱雯在想，「我打算承接樓下的麵包店，妳覺得怎樣？」

婉琳贊成，「我做打雜，總不能在妳家白吃白住。」

凱雯微笑，「兩姐妹就不要這麼說了。」

翼不知道平日婉琳在做什麼，見什麼人，他仍找不到她。

祖意問瑩瑩，「妳找到婉琳嗎？」

「她有給短訊，一切安好。」

「她在哪裡？」

「她沒說。」

翼一直忙於上市的項目，不想在這重要時刻失誤。

但每個晚上，翼坐在書桌前，再沒有一杯溫暖的蜜糖水放在桌上。

他才知道，他需要誰在他身邊。

他快樂與失落的時候，第一時間想起是誰。

黃茵的出現，只是一瞬間的錯覺，以為自己忘不了她。

曾經的不甘心，難過，失望，這個傷口已經給婉琳的愛撫平了。

黃茵邀他上去吃晚飯，看到一桌子也是外賣，從前的他覺得兩個人一起，吃什麼也沒所謂，今天覺得礙眼。

「最近我工作較忙。」黃茵邊吃邊工作，雙眼沒有看過對方。

「茵，這樣生活好嗎？」翼關心地問。

黃茵覺得好笑，抬頭問，「你第一日認識我嗎？」

「茵，對不起。」翼用最誠懇的態度說，「謝謝妳在這三，四年陪伴我的日子，我們曾有過最快樂的時光，但……」頓一頓再說，「但我知道心裡面最掛念是誰，最想共同生活是誰。」

他站起來，欠一欠身，「對不起，我變了。」

黃茵想不到翼把責任放在自己身上，然後無奈地笑，「是我先放棄這段感情，我沒信心走下去。」

「是我不夠好。」翼苦笑。

「我們一起的時候，你曾經有想過她嗎？」黃茵知道童婉琳是他們的師妹。

翼想也不用想，「沒有。」

黃茵擁抱他，「再見，祝你幸福。」

強扭的瓜不甜，強求的人不暖。

翼駕車到酒吧，筠沒有跟他打招呼，他自己拿威士忌自斟自飲。

祖意見狀,「不要喝這麼多。」

「我跟黃茵說清楚了。」翼痛苦地說,「我是不是犯賤?好好的跟琳琳一起,卻回頭找茵,然後才發現自己最愛是琳琳。」

又灌一杯酒,「現在我傷了她的心,人也找不到,怎麼辦?」再灌多一口。

翼吸一吸鼻,眼睛通紅,恐怕要掉眼淚,「她在哪裡?」

筠從未見過他如此傷心和徬徨,拿杯酒坐在他旁邊,「我們一起找她吧。」

「瑩瑩她知道嗎?」

祖意搖頭。

翼回家後,對著漱口杯拍了一張照,上傳後並寫上:「Where are you?I miss you terribly!」

明韻看到社交網站,「o my goodness,老闆娘離家出走?」

九、回頭太難

沒有人知道婉琳在哪裡，除了瑩瑩。

她去麵包店找婉琳，看看有沒有轉彎的餘地。

「妳不打算原諒他嗎？」

「換著是妳，妳會原諒祖嗎？」

瑩瑩想著想著便生氣，「他敢？」

婉琳連忙安撫，「開玩笑，祖這麼專情。」

「祖說 Wayne 經常在酒吧喝醉，妳不想見他嗎？」

婉琳嘆氣，「我現在未放下，但總有一天，我會的。」

露出非常失落的表情。

「妳捨得嗎？十多年對他的愛慕。」

「愛過，痛過，也無悔吧。」

瑩瑩想不到她已下了決心。

有時，太不值得，總要放手。

婉琳提起精神，「來，試試我的限定版苦瓜麵包。」

苦瓜麵包大受歡迎，吸引到的竟然是 Stanley。

「Cayenne！」

婉琳要想一會，才想起是誰，「Stanley！」

Stanley 看到她身穿制服，覺得份外可愛，如果不是女朋友要試苦瓜麵包，她也懶得去買。

「Cayenne，今晚有空嗎？一起 happy hour？」

婉琳本想拒絕，Stanley 連忙道，「我女朋友也一起去。」

婉琳笑笑點頭。

她換上一條 H&M 的黑色泡泡袖裙。Stanley 看到她高興得合照，寫上：Talk of the town，苦瓜麵包師傅。

筠在玩手機，看到這合照，「翼，琳琳在蘭桂坊！」遞手機給他。

他們三個立刻駕車去蘭桂坊。

一下車，翼便衝上去，看見 Stanley 正擁著女朋友，他愕然但很快冷靜下來，微笑，「嗨，Stanley！我來接 Cayenne 回家。」

Stanley 見到筠和祖意也在，似是抓人多過帶人回家。

「Wayne，這麼氣沖沖做什麼？」

筠解圍，「兩公婆，耍花槍。」

翼看到婉琳身邊圍著幾位男仕，他上前拉著她，「回家了！」

婉琳掙扎，「怎麼了？放手！」

Stanley 不忍她被拉著，想上前阻止。

筠勸道，「他倆冷戰了一個多月，我會護著 Cayenne。」

他一直拉她上車。

「放手！好痛！」

祖意護住婉琳，勸道，「回家再說好嗎？」

「放手！」婉琳怒斥。

「翼，你會把她扭傷！」筠喝道。

翼索性抱起她入跑車，她掙扎。

警員看到他們爭執，上前了解。

翼怒吼，「她是我老婆，現在要帶她回家！」

祖意抱歉，「不好意思，家庭糾紛。」

警員看到他的林寶堅尼跑車也沒多說。

翼駕車轟一聲離開。

祖意與筠嘆氣，他們從來未看過他暴怒的樣子。

「你想怎樣？」婉琳忍不住哭了。

「我從來沒說分手！」

回家後，婉琳還在掙扎，翼抱起她，拋她在床上。

婉琳看到仍是那張床單，她的位置沒有動過。

她起身，翼按著她狂吻，「不要……」

「妳不想我嗎？妳不愛我嗎？」翼看著她，「可是我很想妳，我不能沒有妳。」

婉琳咬著唇別扭開臉去。

翼板回她的臉，「我愛妳！」吻下去。

她是愛他的，從第一眼開始，命中注定是他的人。

翼緊緊擁著婉琳，「我是妳老公。」

婉琳抿著嘴，翼重重地吻她，按著她手，不放過她每一個表情。

親密過後，翼移開他下半身，看著婉琳，「妳愛我嗎？」

婉琳別開面，不想回答。

「對不起，我傷了妳心。」翼擁著她，「她再出現時，我有點手足無措，但我沒有做了對不起妳的事情，只是不甘心令我想知道當初分開的原因。」

他板過她身子，認真地說，「我發現我變了，我被妳寵壞，我不能沒有妳過日子，無論做什麼我都想跟妳分享，傾訴。妳有同感嗎？」

婉琳沒想過他們的關係不只是情侶，還是朋友，她才記起他每天也會
告訴自己發生的事情。

她低下頭，不敢看他，原來自己也沒有做一位好伴侶。

「妳願意再給我機會嗎？」

婉琳沉默，起身走進浴室。

房間裡一切依舊。

她看到鏡裡的自己，脖子全是吻痕，嬌嗔道，「Wayne Chan！」

翼從後擁著她，看到他的得意傑作，裝傻地問，「怎麼了？妳叫我
嗎？」

「你看看這裡！」

「你叫我嗎？」

堂堂一位副總裁在耍賴，她氣得不理他，走入浴室洗澡。

他連她的衣櫃重新整理過。

婉琳下樓喝杯水，發覺廚房凌亂不堪，「你把我的廚房弄得一團糟！」

翼微笑，「我的廚房」的意思是她會留下來。

「老婆，明天早上我開會，下午我接妳拿回行李。」

「誰說我要回來？」婉琳打開廚櫃，發現她心愛的鑄鐵鍋刮花了。

又一輪尖叫。

翼大笑，原來這是對付她的最好方法。

「你真的很討厭！」婉琳撇撇嘴。

翼拉著她去睡覺，終於有睡得好的日子。

婉琳背著他睡，但他緊貼著她，雖然感覺她渾身怒火。

他拍下他搭著她手的相片，「終於可以好好睡覺。」

婉琳撥開他的手，他卻把她摟得更緊。

「我愛妳。」

早上的時候，婉琳打算做早餐，雪櫃裡竟然連一隻蛋也沒有。

她翻眼，翼裝傻，聳聳肩便出門。

這段時間他真的放逐自己。

婉琳看一下手錶，趕快換衣服便回麵包店。

婉琳馬上進入烘焙室，「對不起！對不起！」

凱雯拉著她，「Cayenne，妳穿成這樣，怎入廚房？」

她穿上 T shirt 但連繫著 Loewe 的圍巾。

婉琳不敢除下圍巾。

凱雯拉她坐下來，「怎麼了？」

「對不起，明天我會準時。」

「跟男朋友和好如初嗎？」

婉琳猶豫，然後點點頭。

電話響起，「喂？」

「妳在哪？」翼焦急道。

「我在麵包店。」然後說出地址。

「凱雯，對不起！明天我會準時。」

「我很高興你們在一起！」凱雯有點不好意思，「其實我跟業生也交往中，所以……」江業生是蛋糕師傅。

「噢！對不起！我做了電燈膽。」婉琳抱歉。

「不是這樣！」凱雯立即否認。

「對不起，我太太打擾妳了！」突然有把聲音介入。

二人望向門口，翼一身 Ermenegildo Zegna 灰色西裝，配上 Dsquared2 領帶夾，傲氣出現，感覺有點不羈。

「妳男朋友很帥啊！」凱雯張開了口。

婉琳難爲情,「沒有啦。」

翼欠欠身,「眞的不好意思,這段時間打擾了妳了!」

凱雯搖頭,「沒有,她的苦瓜麵包打出名堂呢!不過多天一來,苦瓜更苦,味道難掌握,所以這個時候,我們要踢走她了。」說完大笑。

翼再三感謝凱雯,然後對婉琳說,「老婆,拿行李回家吧。」

相愛
沒錯

十、認定終生

「家裡什麼也沒有，在 Sogo 停一下好嗎？」

婉琳自顧推著車買食物，翼左看右看，隨手把玩罐頭，卻引得一眾辦公室女郎對他行注目禮。

她看著翼，買東西有必要耍帥嗎？

「老公！」這傢伙總在遊魂。

翼連忙放下手上的東西，「是！」

「你又走去哪裡？」

翼推著車，「我想吃烏多。」

「也好，我懶惰做飯。」

兩人終於和好如初。

臨睡前，婉琳突然醒覺，「我終於知道你為什麼急著追我回來？」

翼以為她明白他有多愛她。

「因為你下個月生日，你想我送禮物，是嗎？」

翼翻眼，輪到他背向她睡。

十月三十一日是翼的生日，他們飛到巴里島四季酒店慶祝。

黃昏景色很美，翼訂了在池塘上的私人用餐。

「謝謝你，你生日卻是我來享受。」婉琳吐吐舌頭。

「妳看看想吃什麼？」

婉琳看著菜單，寫上：

頭盤

Being someone's first love may be great, But to be their last is beyond perfect.

主菜

A successful marriage requires falling in love many times, always with same person.

甜品

Marriage is our last, best chance to grow up.

Cayenne, Will you marry me？

婉琳不懂反應，翼已經拿著花，戒子，跪下來，「童婉琳，妳願意嫁給我嗎？」

婉琳驚喜交集，眼裡卻充滿對未來的期待，「我願意！」圈著他的頸項吻下去。

「我愛你！」心裡喊著他的名字陳翼晨。

這時她才察覺攝影師在旁，原來他已經一早籌備求婚。

拍了幾張照後，他們坐下來用膳。

「我知道你為什麼要在生日時求婚。」婉琳一臉驕傲。

翼沒好氣她的古靈精怪的答案，「為什麼呢？」

「因為你只想收一份禮物。」她呵呵大笑。

突然她變面，「你不會在我生日舉行婚禮吧？」

翼在笑。

「不要！夏天好熱！」婉琳緊張地圈住他的頸，「不要！」

翼笑得更大聲，「妳想早點嫁給我吧？」

婉琳差不多要點頭，才發現他在整蠱她。

「壞人！」婉琳騎在他身上輕拍他。

二人十指緊扣返回香港。

因為公司上市，翼除了忙於跟其他投行合作，亦負責股價穩定，婚禮唯有押後明年，但「人」他就訂了。

臨睡前，翼還在看 email。

婉琳抱著他的腰，準備睡覺。

「老婆，約妳媽媽出來見面好嘛？我想親自跟她說。」

「嗯……那妳家人呢？」

「我會跟我姐說，由她代表出席。」翼嘆氣，「怎麼年尾還這麼多工作？」

「我煲湯等你回來。」

「竟然後天有財經雜誌訪問。」

「我要買那本雜誌。」

婉琳感到，跟自己喜歡的人一起，有一句沒一句地閒聊，已經感到很幸福。

「祖和瑩瑩幫我們籌備訂婚派對，妳有沒有其他意見？」

「沒有。」

「有沒有想過婚禮怎樣辦？」翼放下手上工作。

婉琳仍覺得似在夢境中。

翼先說，「我們可以在法國影婚紗照，然後在酒莊舉辦結婚註冊儀式，邀請家人及朋友觀禮，再在香港補擺喜酒，邀請同事，親友，你覺得如何？」

婉琳抬頭，「老公，好大陣仗，我家沒有很多親戚。」

「交給 wedding planner 籌備好嗎？」

他低頭吻她。

訂婚派對安排在法國餐廳的私人廂房，除了兄弟祖意、筠、瑩瑩，還邀請了幾位投行同事，凱雯及她男朋友。

翼擁著婉琳宣布，「謝謝祖跟瑩瑩幫我們籌備訂婚派對！」

眾人歡呼，翼續說，「我們五月將會在法國註冊，然後香港擺酒，希望大家會賞面出席我們的婚禮。」

明韻非常高興，「恭喜老闆娘！」

婉琳仍未習慣這稱呼，「謝謝！」她繞著她的手臂，「妳可以做我伴娘嗎？」

明韻雀躍回應，「當然可以。」

婉琳最忐忑不安，就是她媽媽的這一關。

她從來沒有透露過翼的真正身分。

翼訂了天龍軒，他的姐姐佩雲也有出席。

婉琳先跟她打招呼，「姐姐，妳好！」

佩雲有一股女強人的氣質，她微笑點頭，然後起身邀請她們入座，「童太太，Cayenne，請坐！」

翼也起來欠欠身，「Auntie 請坐。」

佩雲先開口，「不好意思，我們父母長期定居加拿大，不方便回來，所以由我這位做姐姐來討論酒席事宜。」

童太太點頭，「沒關係，最重要是他們也同意。」

佩雲避開這個話題，「我弟弟說，註冊儀式會在法國酒莊舉行，然後在香港 Ritz Carlton 這裡辦喜酒，童太太覺得怎樣？」

「為什麼要法國註冊？」童太太不明，恐怕法律上的認同。

婉琳搶答，「我想有個戶外的婚禮。」

翼牽著婉琳的手，「我希望給她一個公主式的婚禮。」

續說，「我們的註冊是具法律效用，我亦會將名下的一單位轉到婉琳名下，作為聘禮之一。」

婉琳皺眉，「我嫁給你，是因為你，不是錢。」

翼只是微笑，再說，「唯一遺憾是我不能生育，不能給她完整的家，但我會盡我所能，對她最好。」

童太太沒想過對方的坦白，既然不是姓童，她也沒有所謂。

「最重要是兩人能夠好好相處，你們還年青，互相尊重，互相學習，一同成長也是重要的。」童太太語重心長地說。

翼微笑，「明白，外母大人。」

大家在笑，佩雲問，「童太太，大約預算酒席多少圍，禮金多少呢？」

童太太揚揚手，「我們親戚不多，十圍夠了，禮金就隨意，有個意頭就好了。」

「就三十八萬啦，生生發發，各人都好。」佩雲笑道。

童太太滿意地點頭。

午餐尾聲，翼先送他姐到大堂。

「姐，謝謝妳！」

「你真的不打算跟爸媽說嗎？」

翼搖頭。

「你遲早都要面對。」

那邊廂，婉琳跟媽媽說，「我們會有 wedding planner 策劃婚禮，選衣服，場地等由她安排。」有點支吾，「媽，我不知道翼會送給我一層樓，不如妳和姨搬過去住，不用跟弟弟他們迫在一起。」

童太太終於發現女兒較貼心和孝順，「這樣好嗎？妳不拿來收租？」

婉琳輕輕倚著媽媽，「妳們的生活才是重要。」

「讓我考慮一下。」

童太太回家前，在報紙檔買雜誌。

「童，妳準女婿今期做封面啊！」

童太太疑惑，「什麼？」一看之下，財經雜誌封面「電子商務巨頭上市，Wayne Chan 首談香港優勢。」

她笑得合不攏嘴，立即買下雜誌。

婉琳也買下雜誌，她坐在飯廳翻閱等翼回來。

戴眼鏡，穿西裝的他也一樣的帥，他說眼鏡使人看起來較穩重。

「我會永遠以愛慕眼光看他嗎？」婉琳心想，「我們要結婚了，一生一世在一起。」一個重大的承諾。

雖然她不懂得金融，但仍然細讀每一頁，嘗試了解他的工作，直到最後一項，記者問他下一年的個人挑戰是什麼，他竟然答結婚！

婉琳不禁又好氣又好笑，算了，他宣布告別單身。

翼回來，仍然跟大老闆通話，婉琳上前拿他的大褸，他擁抱及吻一下她的頭。

自從上次她離家之後，翼要確定一入門就看到她。

今晚回來又十時多，婉琳準備了湯和魚扒，免得他過飽去睡覺。

掛線後，翼才呼出一口氣，「老婆，還有三個星期就聖誕節了，大老闆邀請妳一起出席晚宴，有空我們去買晚禮服。」

他坐下來喝口湯，「外面很冷！」回家有熱騰騰的湯，真好！

婉琳幫他按摩肩頸，「老公，嗯，我想裝修廚房。」

「聖誕？」

「不！不是！結婚後啦，現在太忙。」

「隨妳歡喜。」翼一邊吃一邊覆 Email。

「老公……」婉琳圈著他的頸。

翼敷衍著，「嗯？」

「沒事了。」

十二月一日終於上市成功，各大行一起慶祝。

大老闆唐敏力讚賞翼的表現，高興地頻頻敬酒，另一間投行的高層黃維臣也過來，「Wayne，幾時結婚？」

「明年五月。」

「到時記得給我請柬。」

翼受寵若驚，「大老闆這麼賞面。」

黃維臣馬上叫祕書過來記下，他的下屬們紛紛討喜帖。

唐敏力保持風度，然後看到翼頻頻看錶，「趕時間嗎？」

翼笑笑，「很久也沒有跟女朋友吃飯。」

黃維臣笑說，「叫她一起過來慶祝！。」

翼笑著打電話，「老婆，你換衣服過來。」

婉琳連忙換上 Self-portrait 粉綠色裙，在車上編頭髮便趕到餐廳。

她一出現，眾人在起哄，婉琳有點不知所措。

明韻拉著她手，「大家要看看我們的男神收割機。」

翼摟著婉琳向唐敏力，黃維臣，律師行，會計師行高層介紹，「我未婚妻，Cayenne。」

婉琳微笑著向眾人握手。

其他同行都過來打招呼，甚至過來討喜帖。

逗留一會後，翼他們駕車回家。

「老公，幸好我前天逛逛街，否則我不知穿什麼出來。」看來她真的
要適應他的生活。

翼駕車到麥當勞，「妳等等，我好肚餓。」

婉琳解下安全帶，「我去買。」

待會一上車，她餵他吃薯條，「剛剛那位黃先生，他打算挖角嗎？」

「連妳也看得出來。」

翼笑笑，終於完成大項目，到他的人生大事了。

十一、大婚舉行

聖誕節的前夕，公司晚宴宣布晉升翼為香港區總裁。

婉琳在家興高采列地布置聖誕樹。

翼看到婉琳的性感聖誕裝束，拍下照片便上傳，「她掛著什麼？當然掛著我。」

一下子收到好多點讚，明韻留言，「冷笑話？」

婉琳也看到相片，「老公，你無聊。」

「是嗎？」然後抱著她在書角親熱，婉琳抱怨，「老公，我們還結婚嗎？」

「為什麼這麼說？」翼愕然。

「我們下午約了 wedding planner，而且我們未選結婚戒指。」

「對不起，妳……妳太肥美了！」

婉琳瞪大眼，翼正經道，「好，現在出去。」

什麼肥美，難道沒有更好的形容詞嗎？

婉琳氣鼓鼓地瞪著她的未來老公。

酒店的咖啡廳裡，婚禮策劃師中日混血的由里子小姐等候客人。

雖然她是資深的策劃師，但第一次處理身分不同的婚禮。

「妳好，由里子小姐。」婉琳先跟她握手。

翼也欠欠身，「妳好！」

好有禮貌的夫婦，由里子的第一印象，而且很登對。

高大帥氣的翼，穿上粉藍色恤衫牛仔褲配襯 Burberry 風褸，手腳纖瘦的婉琳則穿上 Burberry 毛衣，深藍色百摺裙配長靴。很有心思的情侶裝。

翼先幫她們點蛋糕和茶，然後才開始討論婚禮細節。

「請問兩位有什麼 preference？例如顏色、戶外等等。」

婉琳想想，然後向翼問，「香檳色好嗎？」

「好啊，妳不是也喜歡粉紅色嗎？」

「你不喜歡嘛，應該選兩個人也喜歡的顏色。」

由里子不禁微笑，「你們是我見過最禮讓的一對夫妻。」

婉琳腆然，聽到「夫妻」二字。

由里子再分別問問他們的理想婚禮是怎樣，然後總結再策略。

「請問酒席圍數大約多少？」

翼先瞟一眼看婉琳，「嗯，大約 50 圍。」

婉琳驚訝，「有這麼多賓客嗎？」

翼也不喜歡高調，但無奈工作上的伙伴討喜酒，跟由里子說，「不好意思，我叫祕書貝麗跟妳聯絡。」

由里子客氣回應，「沒問題，我馬上會選法國的婚禮場地，聯絡攝影師，場地布置等，Cayenne，下星期妳跟伴娘她們一起來選婚紗及禮服，可以嗎？」

婉琳點頭。

翼充滿期待看見她穿婚紗的樣子。

「過大禮，敬茶儀式我會跟童太太聯絡。」

婉琳頷首。

翼行開談電話，由里子問，「請問你們怎樣認識的？」

「他是我中學的學長，忘記了何時喜歡他了，但他不認識我，直到我們在上海工作時重遇才走在一起。」

由里子驚嘆，「妳眞的很長情啊！」

婉琳笑笑。

五月一日，法國波爾多酒莊，今天是翼和婉琳結婚的日子。

春天開花的意思。

翼在化妝間有點緊張，「Ivana，我老婆沒有跑路吧？」

明韻大笑，「老闆，你不要那麼緊張，我只想過來跟你說我們準備好了。」

因爲長輩留在香港準備婚禮，只有好友們過來慶祝。

瑩也是伴娘之一，她幫忙婉琳在弄頭紗。

婉琳身披 Vera Wang 的婚紗，配上簡單的 Chaumet 的鑽石頸鏈。

看到鏡中的自己，不禁問，「我在發夢嗎？」

有多少人能嫁給第一眼就喜歡的人？

戶外的婚禮，橙色的玫瑰襯托香檳色的絲帶。

翼心情緊張地等待新娘進場。

音樂奏起，新娘拿著花球跟伴娘慢慢進場。

十七年，等了十七年，終於一起了，翼和婉琳互相看著對方，有點眼淚凝睫。

婚禮主持人，「結婚儀式正式開始。請兩位新人宣讀誓詞。」

翼眞摯地說，「I, Wayne Chan, choose you Cayenne Tung to be my wife. I promise to always make you laugh and to laugh together .You are the sunshine in my life and the thing that makes my world go round. I love you, forever and ever.」

婉琳微笑,「I, Cayenne Tung, choose you Wayne Chan to be my husband. I cannot wait to face the many adventures of life together. I will always love you no matter what.」

「新娘,新郎,交換戒指。」

「結婚儀式完成,新郎,可以親吻新娘了。」

眾人起身熱烈鼓掌歡呼。

翼掀起頭紗,情深地看著婉琳,托起她的下顎,深深地吻下去。

以後的日子,快樂與困難都一起面對。

「恭喜 Cayenne 和 Wayne!」

「恭喜陳先生,陳太太!」

「恭喜老闆,老闆娘!」明韻要哭了,德信遞上紙巾。

瑩瑩流露著羨慕的眼光,祖意看到便上前擁抱。

筠招待賓客到場內午膳,以自助餐的形式進行。

一對新人向各人敬酒。

第一支舞,由翼和婉琳開始,賓客們加入他們,飲飽喝醉直到黃昏。

晚上,翼抱起婉琳入房。

互相擁抱看著對方,翼吻對方一下,「妳終於是我的人了!」

婉琳捏著他的臉,「你終於是我的了!」然後傻笑,」老公,我在發夢嗎?」

翼解開她的禮服,溫柔地說,「我會好好證明妳不是發夢,我的老婆。」

翼和婉琳逗留了一天便飛往巴黎拍婚紗照。

他們不約而同地喜歡自然的風格,雖然在巴黎鐵塔附近取景,但更喜歡在咖啡店,街道上的隨意拍照。

拍攝完畢,他們到 Leonde Bruxelles 吃青口。

「老公!好好味啊!」婉琳一臉滿足。

翼連續上傳了三張相，結婚行禮，跳舞及婉琳吃飯的樣子。

幸福得來不易……

婚宴前夕，他們及家人搬進酒店裡住。

婉琳跟她媽媽同房，讓她們說些體己話。

五月三十一日，早上敬茶儀式完畢，然後準備晚上的婚宴。

婉琳換上綠色 Vera Wang 的婚紗，穿過用鮮花砌成的走廊，天花亦用紫色吊燈和鮮花點綴。

翼在大門等待，看到她穿過走廊，長裙飄逸，一臉純真的樣子，他覺得再一次沐浴在戀愛中。

「老公，場地很漂亮！」婉琳挽著他的臂彎。

翼微笑，他就是想給她一個夢幻的婚禮。

婚禮主持人，「我們有請 Wayne 和 Cayenne 進場。」

全場賓客鼓掌，他們兩人欣喜地接受各人的祝福，然後緩緩地上台。

台上背景是兩人在法國影的婚紗照，翼擁著婉琳的背後，合上眼低頭深情地吻她的手，而婉琳則甜笑地回應著。

翼用英語作開場白，「謝謝各位的蒞臨我和 Cayenne 的婚禮。謝謝大家分享我們人生中最喜悅的時刻。」

台下起哄。

翼忍不住笑，「沒有 Cayenne，我從來沒想過會結婚。」

同事們在喝采，續說，「謝謝她讓我有被愛的感覺，她是最關懷我，最支持我的人。Cayenne 經常跟別人說她是最幸運的人，我想說，我才是世界上最幸福的人。」然後望向婉琳，「因為我有妳。Love you。」低下頭吻她。

明韻她們站起來鼓掌。

婉琳微笑,「想不到我丈夫是這麼偶像劇的人。」

台下哄笑。

「感謝緣分將我們牽在一起,找到一個我愛的,而他又愛我的人,餘生,請多多指教。」翼再吻一下她。

晚宴開始。

頭盤過後,翼牽著婉琳向每席敬酒,他在她耳邊輕聲說,「今晚又要吃麥當勞。」六十圍酒席,出乎他意料之外,婉琳低笑。

中場時分,婉琳換了白色晚禮服,配 Tiffany 橄欖葉珍珠 Torsade 項鍊,簡潔大方。

Live band 奏起音樂,Ed Shareen 的《Perfect》。

翼牽著婉琳的手起舞,他看著她,情深地唱這幾句:

We are still kids, but we're so in love.

Fighting against all odds.

I know we'll be alright this time.

Darling, just hold my hand.

Be my girl, I'll be your man.

「謝謝妳這十七年也愛著我,以後的日子,我要多愛妳一點點,追回這些日子的愛。」

婉琳感動地看著翼,「我永遠愛你。」

翼吻下她,然後把頭貼在她的額頭。

伴娘,伴郎也一同走到舞池。

婚宴接近尾聲,婉琳站在花海,等候想拍照的賓客。

翼看著她,彷彿已找到心中的仙子。

婚禮在祝福之下完滿結束。

翼在酒店房內，累得動不起來，「老婆，妳站足一晚，妳還好嗎？」

婉琳搓揉著自己的臉，「好像笑得太多，不會動了。」

這時，酒店房門鈴響，「Room service。」

婉琳吩咐酒店送來的清湯煨麵及小籠包。

翼大快朵頤，「妳真的太體貼了！」婉琳送上解酒丸。

差不多用了一小時，婉琳才把化妝和頭髮洗淨，從浴室出來，翼已經呼呼大睡。

婉琳看著他，微笑，中學的暗戀結束了。

十二、Happily ever after？

翼晉升後工作更加忙碌，他們沒有渡蜜月旅行。

原本婉琳打算裝修廚房，他也沒有時間坐下來談談。

婉琳繼續學習廚藝，還學插花和繪畫，打發時間。

未結婚的時候，已經知道他是工作狂，所以也沒有什麼好埋怨。

星期五晚上，翼約了婉琳一起晚餐，結果遲到。

「對不起，老婆，臨時有個會議。」

婉琳只是笑笑，「點菜吧。」

翼喝口水看看手錶，然後嗆到，「對不起，原來遲了一個多小時。」

「我下次約你吃飯，我會跟貝麗預約時間。」婉琳撇撇嘴，托著頭看她帥氣的老公。

翼拿起她的手，放在胸口上，「對不起，我的寶貝。」

回家後，翼放下工作，擁著婉琳說說話，「明天去看電影，好嗎？」

「好啊！」

翼俯下身吻住婉琳，她圈著他頸項熱烈地回應，正當濃情蜜意時，電話響起來。

婉琳識趣地走開。

等了一個星期的大好週末，翼要跟大老闆見新加坡的同事，她逛街看看廚房的裝修設計。

「陳太太，如果妳要做一個加建，工程頗大，我們建議這樣做……」

「謝謝你，我和丈夫商量一下。」

婉琳拿些資料回家，未跟翼提及，他已在收拾行李，「老婆，我明天飛去新加坡。」

「好的。」婉琳有些失望，但沒有表現出來。

「我回來再跟妳看電影。」

星期日，婉琳約了義工吃飯，她放下戒指出門去。

三天後，翼在中午回來，不見婉琳在家，馬上打電話，沒人接聽。

看到床頭上的戒指，嚇得他打開衣櫃檢查，她沒有跑路，他又打電話。在哪裡？

重蹈覆轍。上次的教訓還未學精，今次又來。

翼換上 Paul Smith 的時尚休閒裝束，駕著跑車找人。

婉琳正在和義工一起準備午餐給低收入家庭。

「這箱很重，我來吧。」其中一位義工嘉駿幫忙。

「謝謝你，我去拿餐具箱吧。」

一輪忙碌後，大家找個露天大排擋吃下午茶，婉琳喝著凍檸茶來降溫。

嘉駿用電風扇吹著她。

「Cayenne！」

婉琳轉頭，「老公？」看到翼的出現，她高興得撲到他身上，「你怎麼來了？」

「凱雯告訴我的。」

牽著他的手，介紹給各人，「我先生，Wayne。」

翼跟各人打招呼。

「陳太太，你的旅行袋。」嘉駿遞給婉琳，「快些回家做飯！」

婉琳笑笑，「下次再見。」

翼想多了，「怎麼放下戒指？」

婉琳抹汗，「我們在搬飯盒，戴著戒子不方便。」

翼語塞。

「大家也稱呼妳為陳太太？」

婉琳皺眉，「是啊，你不喜歡？」

「怎會？」翼看著她無化妝的臉，香汗琳璃。

「妳也辛苦了，買外賣回家吧。」

翼到新加坡出差，主要看看公司上市的規則。

虛驚一場後，翼在床上用胳膊摟住婉琳，用鼻蹭她的後頸。

「很癢啊。」婉琳格格在笑，避開去另一邊，」我睡了。」

翼硬要跟她纏綿，婉琳身體很累卻迎合他的熱情。

朝早時分，翼看到大門有幾條劃痕，「老婆，這是什麼？」

「我想把廚房搬進這裡。」

「妳怎麼不跟我說？」

「哦？結婚前說的，你也贊成。」

翼才想起來，「嗯，」帶點抱歉的語氣，「對不起，嗯，我打算搬近公司，工程就不要進行了。」

婉琳一臉迷茫，「什麼？幾時搬屋？搬去哪兒？我跟你一起搬嗎？」

翼大笑，然後看到婉琳的表情，醒覺自己沒有跟她商量，最近工作忙壞了。然後看看牆上的鐘，「老婆，對不起，我要開會了，回來再說。」

婉琳無奈地目送他。

翼認為所有事情都理所當然，婉琳只需要配合就可以了。

婉琳在想，是不是婚姻生活是這樣。

她走到中環買花，喝咖啡，然後碰見嘉駿。

楊嘉駿是兒科醫生，他剛小休吃午飯。

「嗨！」嘉駿拿著三文治坐下來。

第一次看到她化淡妝，編頭髮，長裙，感覺很不同。

他們正聊得高興，卻被翼他們一行同事碰見。

「嘩！這個帥哥是誰？」明韻直接走進咖啡室，坐下來跟他們一起聊天。

翼心裡不是味兒，下班後趕回家。

他看到婉琳在插花。

「這麼早回來？」

「誰送花給妳？」翼語氣不太好。

婉琳沒看他，專注地用花刀削花腳，「我在讀荷蘭花藝課程，今天去中環買花，練習多層次開放式花束。」

「生氣嗎？」翼察覺她面色不對，放軟聲氣問。

「好像是你無故地生氣。」仍然沒看他。

「看到妳跟其他男生一起，我怎可能大方？」

婉琳放下花刀，帶點委屈的語氣，「你一天有十二小時不在家，那我做什麼好？」

翼解開領帶，「我們結婚時妳也知道的。」

「我沒有抱怨，我只是找事情來做。」

「但我沒有叫妳約會其他男生。」

婉琳倒抽一口氣，「你竟然有這麼齷齪的想法。」她退後一步。

翼只是害怕她跟前度一樣。

他上前抱緊她，「老婆，對不起。」

婉琳掙扎，「你什麼也不知道！」她發覺這間屋無處可躲，拿起電話銀包就想離開。

「對不起！對不起！」翼抱緊她坐在梳化上，急得用英文說，「I'm sorry！I'm listening！」

婉琳心軟，走進廚房做飯。

翼摸摸前額，「老婆，有什麼需要幫忙嗎？」

「沒有。」婉琳冷冷地回應。

翼沒趣地上樓洗澡。

當他冷靜下來的時候，發覺婉琳根本沒有特別打扮上街。

他下樓時，看到燉湯，更覺內疚。

「嘩，超美味！」他誇張地讚美。

婉琳沒有表情，「你打算幾時搬走？」

翼慌張起來，「最近我一直加班，我在想不如我們搬進公司，我可以早點回家跟妳吃飯，不好嗎？」

婉琳呶呶嘴。

「我們找一間有大廚房的，好嗎？」

婉琳也沒有堅持下去，「你看中哪個地點？」

翼尷尬地笑，「未……」

婉琳沉默，翼馬上撥電話給貝麗，「明天下午的會議全部取消，謝謝。」說完，馬上堆起笑容，「明天我們吃午飯後一起去看樓。」

第二天，翼召明韻入辦公室。

「昨天你們在談什麼？」

「楊醫生打算為弱勢社群籌款，Cayenne 計劃找贊助商，希望每年一次進行籃球比賽，參賽隊伍亦要捐款參與比賽。」

原來她沒變過，仍然這麼善良。

「他問我們公司可否贊助，Cayenne 即時否決，她怕打擾你，我說可以找市場部幫忙。」

翼沉默，難怪她如此生氣。

但他也生氣啊，誰叫她對他笑得這麼燦爛。

「老闆？」明韻看到翼的臉色忽明忽暗。

「妳剛升任聯席董事，妳有時間嗎？」

「我已交給同事了。」

翼點頭，然後走到下層找同事，市場部主管看到他，「老闆！」

「Ivana 找過妳關於贊助嗎？」

「是的，我們還在跟法務部同事商量。」

「發起人是我太太 Cayenne，籌備過程就麻煩妳了。」

主管連忙說沒關係，轉身便立即拉著各人開會。

翼打電話，「老婆，在哪裡？」

「我才換衣服，不是約在中午嗎？」

「突然想妳了。」

「無聊。」聽得出愉快的聲音，「我在 Times square 等你。」

天氣炎熱，但婉琳為了配會翼的上班族服飾，穿上 self-portrait 的粉紅色長裙。

翼在扶手電梯看到她，急不及待地上前擁抱她，她跟他一起，才會悉心打扮，他現在注意到了。

婉琳牽著他的手，「去哪兒吃？」

「潮州菜，好嗎？」

婉琳點頭。

看到她手上的 Bottega Veneta，「拿這麼大的手袋？」

「拿了兩支水，你穿西裝怕你熱到。」

翼在電梯捧著她臉吻下去。

「老公，不要鬧了。」婉琳的臉更紅。

「晚上要好好愛妳。」翼把「愛」字提高了音。

婉琳搥他胸口一下。

她不貪心，只想每天能和他有對話，了解彼此的工作或興趣。

約了經紀在附近，她駕車來接他們。

看了幾間複式單位，翼也嫌地方小。

到第五間，翼除下外套給婉琳，拿支水來喝，原來是冰凍的蔗汁。

翼喝一口，用感謝的目光看著婉琳。

經紀只顧看著翼的臉和他的身材。

「不好意思，請問這間價錢是？」婉琳叫了經紀幾次。

「是。」經紀回過神來。

翼跟經紀說，「這間夠開揚，但最重要是我太太喜歡。」

然後摟著她的腰去窗前看看，「妳覺得如何？」

「你喜歡好了。」

經紀笑問，「陳太太，覺得如何？」

「起碼要裝修三個月，但地點確實不錯。」婉琳站在的客廳是看到海景，樓上的主人套房也是看到海景。」

「讓我們考慮一下。」翼牽著她的手。

晚上，婉琳收到媽媽的電話。

「我打算搬過去住了，妳跟女婿說聲好嗎？」

「我會跟他說。」

「有時間回來吃飯。」

「好的。」

翼拿著手機覆 Email，「怎麼了？」

婉琳柔聲道，「嗯，你送給那單位，反正我不急需用錢，讓媽媽住下來，好嗎？」

翼摟著她的肩,「外母當然可以搬進去住。」然後吻她的臉,「現在還
生妳老公的氣嗎?看看我待妳多好。」

「我打算布置其中一間房,你欺負我的時候,我搬過去住。」

翼拉下臉來。

「說說笑。晚安。」婉琳拍拍他的臉。

翼狡猾地笑,「童婉琳,不要忘記妳當初搬進來的原因,妳是自願的。」

婉琳想了又想,然後慢慢用毯子蓋著自己的頭。

「我明天不用上班呢。」翼鑽入被裡,跟肉償的人纏綿著。

十三、愛的付出

兩人決定搬屋，婉琳負責跟設計公司討論裝修事宜，翼喜歡簡約，偏向當代風的白，灰及啡爲主，還要有線條，有質感，石牆，玻璃吊燈等。

婉琳拿著圖則跟翼商量。

「睡房的牆一定要絨面，感覺溫暖，書房設計讓我看看。」

電話短訊響起，「我們公司決定籌辦第一屆籃球比賽，詳情會跟你們再聯絡。」

「Woohoo！」婉琳歡呼。

「什麼事讓妳這麼高興？」

婉琳笑眯眯，「你們公司成爲贊助商，明韻辦事能力眞強！」

翼只是笑笑。

婉琳苦惱地托著頭，「不知你們尊貴的客戶會否組隊籌款比賽？」

她看著翼，「是這樣的，我們義工團隊一向幫忙派飯，現在想擴大服務範圍，希望有大公司能成爲贊助商，舉辦球賽，好似銀行馬拉松比賽一樣，而每年都贊助不同兒童機構。」

「通過大公司的贊助，更能喚醒大眾對受惠團體的關注，今年我們選了自閉症兒童及青年兩個協會，透過善款，團體可加強宣傳對於有症狀人士的了解和體諒，亦都可增聘人手及器材加強他們的溝通和感官訓練。」

然後雙手托臉，裝可愛地說，「所以你們公司是很重要的。」

翼微笑，捧著她臉吻一下，「妳浪費做銷售的才華。」

很多人說，男人做事的時候很有吸引力，其實女人的善良有同樣的魅力。

翼再看看設計，選擇了當代風格，廚房是雙色設計，但書房卻要求北歐簡約風，其餘留給婉琳決定。

大至梳化、餐桌，小至燈飾、擺設，忙得婉琳透不過氣來，翼是一絲不苟的人，連領帶夾也要整整齊齊，衣帽間她寧願分開左右擺放。

翼出差，明韻幫婉琳慶祝生日，他們約在朗廷吃下午茶。

「妳的老闆真的很難服侍啊！」婉琳提不起精神。

「哈哈，他結婚時，大家都高興得要哭了，終於有人頂替我們的位置了。」明韻幸災樂禍。

「婚姻生活是這樣？」婉琳疑惑。

明韻是理性的人，「有這樣的勤勞，才有這樣的生活。」

「妳會結婚嗎？」

「會啊，但畢竟找一個心動的人不容易。」

婉琳回家後，看到一箱又一箱的書籍衣服，她把小蛋糕放在盒上，拍照上傳，「Happy birthday to me.」

筠看到，馬上打給婉琳，「怎麼一個人？我們來找妳，北角大排檔。」

婉琳換上 T shirt 牛仔裙便出門。

一坐下，瑩瑩說聲生日快樂，祖意已點海鮮小炒，婉琳舉手，「我想點薑蔥魚卜。」

筠摸她的頭，「可以啊！」

點了幾支啤酒，「飲杯！生日快樂！」筠拍照上傳。

翼看到馬上打來，「筠，琳琳在喝酒？還有誰？」

筠轉了視像通訊，給他看只有瑩瑩他們。

婉琳低頭在吃，看到他打來但不想對話，翼就掛線了。

「Wayne 去了哪裡？」

「新加坡。」婉琳不在意地回答。

「不要說他了。」她揚揚手，「有興趣跟我組隊打籃球嗎？」

祖意，筠好奇。

翼回港後，晚上到酒吧試新酒。

「跟琳琳在哪裡補祝生日？」祖意問。

翼喝酒，「沒有啊，她說不用，我在機場買了禮物給她。」

祖意瞪大眼，「你真的不知道還是假裝不知道？女孩子最重視生日、情人節、周年紀念。」

翼皺眉，「我跟黃茵之前也是這樣，沒有特別慶祝。」

「那你為什麼不娶她？」祖意反問，有點氣道，「你們夫妻相處，我這個外人不應加意見，但琳琳也是我朋友。你總不能有空才理睬她，沒空就叫她自己找節目，她不是寵物。」

翼沒有作聲，祖意續說，「每個人也看得出她的失望。翼，你們只是結婚第一年。」

翼看著婉琳興致勃勃跟 Stanley 提及籃球比賽，無可否認，他很重視她，但工作一來，又沒有辦法放手。

籃球比賽當日，祖意找來舊同學組隊比賽。

「O my dear，葆茹姐也來支持我們！」婉琳化身為小粉絲為中學的師姐來打氣。

婉琳跟周圍的人打招呼，有楊醫生球隊、Stanley 球隊、歌星隊、還有……

「這麼眼熟？」婉琳頭頂打著問號。

明韻低聲說，「老闆邀請的城中公子組團，幫妳籌款。」

婉琳左看右看，發覺翼還是沒有出現。

「何公子，文公子！這位是 Cayenne，發起人之一。」明韻引領婉琳去打招呼。

婉琳欠欠身，「謝謝你們的支持！」

運動型的何成亨站起來握手，「一定來支持嫂子的。」他是有名於追求明星的公子。

婉琳笑笑，另一位叫文子揚，應該二十多歲，身型瘦削，不善交際，家族是做房地產生意，他帶點靦腆打招呼。

男女混合組隊，志在為慈善出力。

婉琳球隊先開始，她位置是得分後衛。

祖意是中鋒，筠是控球後衛，葆茹及另一舊同學分別是大小前鋒。

比賽開始。

筠開球，這時翼已坐在觀眾席。

婉琳穿上他的 Oversized 球衣、熱褲，梳了高馬尾，感覺活潑多了。

他們四人有這麼多年的默契，但加上婉琳就⋯⋯

婉琳沒有令他們失望，一接球準備射三分，入球！

四人連翼看得目瞪口呆，不是她入球，而是她的動作跟翼一模一樣。

筠掩著臉，「童婉琳，妳不是愛他愛到這樣嘛？」

要知道每個人射球姿勢不一樣，她要多費功夫才學到他。

婉琳伸伸舌頭，抬頭時，看到翼已到場，她揮揮手。

差不多打到半場，婉琳衝出場邊救球，打了個筋斗，擦損手腳把球打回去，然後站起來繼續球賽。

翼激動在叫，「That's my girl！」

瑩瑩愣住，當年的婉琳又再重現，就是充滿男子氣慨的一面。

文子揚頓時被她這一面吸引著。

半場完結。

翼已換好球衣，摸著婉琳的頭髮，吻她的前額，「到我出場。」

翼跟隊員擊掌，自信地走進球場。

他們當年是校隊，可能球技生疏了，但默契是不會變的。

婉琳在場內吶喊，「老公，加油啊！」她一邊拍攝，一邊歡呼，眼裡盡是她的偶像。

明韻在錄影婉琳力竭聲沙的吶喊。

「老公好帥啊！」

市場部的同事過來，「你好，陳太太，我們是市場部的同事，老闆早前交代我們籌備比賽，如有不足之處，希望多多包涵。」

原來是翼的幫忙，婉琳再三感謝同事。

第一場比賽完畢，以十分之差贏了歌星隊。

婉琳一拐一拐地走到場邊，拿著毛巾擁著翼，用崇拜的眼光看著他，「老公，你真厲害！」

「妳怎樣？」翼跪下來檢查她的腿。

「只是膝蓋有點痛。」

Stanley 也走過來看婉琳，「還好吧？」

婉琳打了 0k 的手勢。

嘉駿和其他醫生也過來幫忙處理傷口，「Cayenne，妳真帥！」

「會嗎？待會看你表演。」婉琳微笑。

比賽完成後，翼跟各球隊致謝，然後抱起婉琳上車。

婉琳仍然用崇拜的眼光看他，「老公，你好有型！」

翼沒好氣地抱她上車。

他把她放在心裡，但不會連跌倒爬起來也要心疼一番，他需要是共同成長的伴侶。

翼買外賣回家，匆匆吃過後便開始工作。

「對不起，老公，原來你今天這麼多工作。」婉琳感到內疚。

翼看她一眼，卻愧疚地說，「對不起，去年應承妳生日我們去渡假，今年卻留下妳一人，所以今天無論如何忙碌，我都一定抽時間來支持妳。」

婉琳飛快地吻她的丈夫一下，翼摸摸她的頭，繼續工作。

她連續上傳三張打籃球照，全部寫上，「老公，很帥！」然後心心的表情符號。

明韻上傳婉琳在場吶喊的片段，「這位太太的眼裡全是心心。」

婉琳馬上留言，「我老公帥爆了！」

翼眼尾看到她不斷偷偷微笑，然後電話響起來，「是，老闆。」

這時婉琳走出工作間，但十多分鐘後就回來。

翼差點給蜜糖水嗆到，婉琳穿著性感粉紫色半透明的內衣，頭髮撥起一側，翼瞪大眼示意叫她不要鬧，但婉琳溫柔地對待，從來未主動過的她，令他手足無措，他在開會啊！

「咳……咳……」翼狂咳來掩蓋他的興奮。

「沒事吧？」對方問。

「嗯，對不起，嗆到水。」翼受不了挑逗，不斷退後。

翼的理智快崩潰了，他只想盡快掛線。

「老闆，讓我想一想，明天我再打給你。」

一掛線，翼抱起婉琳到床上熱吻著她，「妳這個小妖精。」

兩人纏綿直到深夜才睡去。

第二天的早上，祖意打電話給翼，「你還未起床嗎？赤柱等你們。」

看到妻子睡得香甜，再看到她身上的吻痕，待會又要捱罵了。

翼走入浴室洗澡，「噢！」他的脖子下方有幾個吻痕，昨晚太過瘋狂，他伸懶腰打個呵欠。

婉琳睡眼惺忪地走入浴室，翼在她面前好像透明一樣。

翼換上 Bally 白色 Polo 恤衫，婉琳穿上連身裙，繫上 Ferragamo 的絲巾。

他一邊駕車，一邊打呵欠。

「妳累嗎？」翼見她沉默。

「沒有啊！昨晚你做了什麼？頻頻打呵欠。」

翼怔住，我做了什麼？妳做了什麼吧。

抵達餐廳，翼先點杯黑咖啡。

「我要煙三文魚吐司，冰咖啡，我老公要黑松露奄列。謝謝。」

翼架上太陽眼鏡，闔眼攤在梳化上。

祖意關心問，「昨晚工作到很晚嗎？」

翼無力指著婉琳。

「什麼？」婉琳不解。

瑩瑩會意，笑道，「這麼恩愛。」

祖意看到他頸上的吻痕，「你兩個多大了，還玩這玩意。」

翼嘆氣，「我明天要打領帶了。」

婉琳白他一眼，「你每天都打領帶好不好。」

翼沒作聲，已進入睡眠狀態。

瑩瑩轉話題，「昨晚的比賽很精彩！我已錄影放在網上。」

「怎麼妳 ig 只有我的錄影？」婉琳好奇，笑說，「祖不會呷醋吧？」

「哈！想看妳的人不少呢！這個 Ray 是誰？讚好所有 Cayenne 的相片。」

「這位弟弟是什麼地產商的富三代。」

「妳也夠誇張，連 Wayne 的小動作也學足。」祖意取笑她。

婉琳狡點地笑，看到自己的 ig 連續上傳三個視頻，「我也太拍馬屁了！」

她完全忘記自己昨日做什麼。

「先生，你的黑咖啡。」侍應瞄一下他腕上的百達翡麗手錶。

「謝謝。」翼微笑，然後把手臂伸長圍著婉琳的腰。

他脫下太陽眼鏡，「你們出來不只是約我們吃早餐吧？」

祖意高興地宣布，「我們打算結婚了。」

婉琳雀躍地握住他們的手，「恭喜！」

「今次要麻煩妳幫忙了！」瑩瑩帶點害羞道。

「樂意至極！」婉琳拍拍手，「但我們兩個月後要搬屋，我在忙著裝修呢！」

「怎麼搬家了？」

「搬近他的公司。雖然搬運公司幫忙分類收拾，但選傢俬，燈飾等也叫我頭痛。」

翼看著祖意，笑說，「你確定要結婚？結婚後就只有一堆投訴。」

婉琳冤枉地道，「誰的意見最多？」

祖意大笑，「我相信琳琳。」

翼抱不平，「誰買一大堆在廚房？誰買了幾千元的八角形的鍋？I can't see the difference，老婆。」

婉琳鼓起腮子。

翼笑嘻嘻咬她的臉，婉琳推開他，「你們打算幾時結婚？」

「簡單的 lunch buffet 就好了，我們還未確定時間。」

「我幫你們籌備吧。」

兩人聽了高興，「謝謝！」

早餐後，翼跟婉琳駕車到金鐘看家品，準備新居之用。

「老公，你要不要看看書房的地氈？」

翼聽到高興，她終於肯在人前這樣叫他了。

經理看到婉琳的婚戒，「陳太太，上次的花瓶要不要再拿給妳看看？」

「不好意思，我們要搬屋，暫時不需要了。」

「新屋有什麼需要嗎？」

婉琳在想，「我丈夫比較……嗯……」尋找客氣的詞語，還是找不到，「難服侍，待他決定好了。」

經理微笑點頭。

翼還在心花怒放，圈著婉琳的頸繼續逛逛，「今天想買什麼？妳老公會全給妳買。」

婉琳白他一眼，「什麼妳老公？我老公不是你嗎？你很無聊呢。」

「老婆，不如回家愛愛。」

「No！我們還要買材料做飯。」婉琳直接拒絕。

「妳昨晚不是這個樣子……」翼氣忿。

這時大老闆打電話來。

十四、早已傾心

大老闆打電話來吩咐翼在十月飛往新加坡。

翼看著左手的婚戒，想一想，便決定帶婉琳一起出遊。

「老婆，妳訂位，今晚叫外母大人一起吃飯。」

除了愛她，還要愛她的家人。

最後一場籃球比賽，翼有公事在身，未能趕上，婉琳繼續上陣，對何公子球隊。

文子揚看到婉琳不禁臉紅。

「你不要因為我是女孩子就放水啊！」她笑道，但子揚仍然忍不住讓她。

中學時，婉琳每次都偷偷地看翼練球。

但他們太受歡迎，根本她連擠進去的地方也沒有。

唯一的交集，就是翼跟婉琳逢星期二交換課室，因為學校不夠地方，所有中五班的學生只有儲物櫃，上堂的地點是隨著低年級同學去不同興趣班的空置課室。

婉琳是班長，每次都催促同學快些離開課程，她連想看他多一眼也沒可能。

「Cayenne！」鄰班好友 Creamy 叫她，示意翼已在這裡。

婉琳臉紅，吐吐舌頭，表示知道了，可惜匆匆趕去音樂室。

翼看到這一幕，但不知道意指是他。

直到有一次婉琳不小心撞到他懷裡，才知道她喜歡自己。

兜兜轉轉十七年再相遇，應珍惜彼此⋯⋯

翼開會後趕過來，最後何成亨團隊獲勝。

婉琳跟各人握手，「謝謝各位！」

她看到翼時不忘舉行勝利手勢。

市場部同事發表感謝致詞，並邀請翼頒發支票給社會團體。

翼罕有地致詞，「首先代表公司歐洲銀行多謝各同事及義工的籌備，各團體的捐款及參予，希望明年大家和我們一樣，繼續爲社會有需要人士出一份力。」

眾人鼓掌。

「我太太 Cayenne 熱心於慈善活動。」他看著婉琳，「由妳第一次提出幫助印度地震籌款，到今天終於達成妳的慈善夢想，我替妳高興，亦會永遠支持妳。」然後作口型，「I Love you.」

眾人起身鼓掌。

婉琳眼淚凝睫，想不到他竟然知道這件事。

翼欠欠身，「再次感謝各位的支持，下年見。」

明韻傳了幾張婉琳的相給翼，他收到後便上傳她忍著淚光的照片，「善良，是一種魅力。」

他下台後擁著婉琳，然後拍拍好友們，「謝謝各位兄弟，晚上在銅鑼灣日本餐廳等。」

婉琳在車上問，「你爲什麼會知道那件事？」

翼只是笑笑。

「原來你一早喜歡我。」婉琳說笑。

「我最初以為妳喜歡祖，但從不見妳來看我們比賽，後來我才知道會錯意，之後我要去加拿大讀書，唯有遺忘這份感情。」

翼慶幸重偶，釋懷一笑，「我是被妳傻勁的一面吸引著。」

婉琳呶呶嘴，「傻嗎？」

翼忍笑頷首，「其實是被妳的漂亮臉蛋吸引著。」

婉琳「哼」了一聲。

回家後換了 Veronica beard 黑色連身短裙配 Christian louboutin 黑色高跟鞋，翼看到她，「這麼漂亮？」

婉琳又哼一聲，自行上車。

到達餐廳，經理 Simon 上前迎接，「陳先生，不好意思，今天很繁忙，貴賓卡還未有空位，待會有位我馬上給你。」

翼一貫地點頭。

經理引領他們，跟侍應說，「給陳太太一杯熱綠茶。」

婉琳笑道，「謝謝。」

「陳先生，我們最新的 wine list。」

「謝謝。」翼微笑。

未打開餐牌，其他三人剛到。

「好肚餓！」筠不停在翻餐牌，「來一客魚生刺身，鰻魚飯，海鮮烏多，玉子燒，待會再下單。」

大家在看他，筠說，「瑩瑩喜歡烏多，琳琳喜歡玉子燒，你兩個自己點單。」

「想不到你這麼細心。」

「我做前台，記得熟客的喜好，他們會喜歡這種 VIP 的服務。」

翼插嘴，「你們覺得經理 Simon 如何？」

「記性好，反應快，服務態度一流。」祖意回答。

翼同意，「我在計劃開一間居酒屋，打算邀他過來做經理。」

續說，「我預了你們兩個，我在想，一來分散投資，二來，祖就要成家了，晚上總要在家。」

「我也贊同。」筠說，「但祖一向做營運，我未必分身……」

瑩瑩突然說，「怎麼鄰桌那兩位女生一直盯著我們？」

大家也回頭看，其中一位女生連忙低下頭，翼臉色一變，馬上把頭轉回來。

筠頓時說，「哦，低頭的一直喜歡祖的，中間的小明星瑪姬跟翼在酒吧……」

翼在桌下踢他一下。

婉琳瞪著翼，「說，做了什麼？」

翼立即夾起魚生，「熱，幫你吹涼。」

「什麼？」

然後把魚生塞進她嘴裡。

祖意大笑搖頭，拍了他們的照片再傳給翼。

瑩瑩生氣，「你笑什麼？別人喜歡你就高興嗎？」

「冤枉啊，我笑他……」祖意委屈。

筠看不過眼，「你們女孩子真煩，他們又沒有做什麼，只是……」

翼瞪大眼看著筠，拿起拳頭的手勢。

婉琳不滿，「你一向女朋友多多，當然覺得沒什麼。」

筠立即做了交叉的手勢，「我是認真的談戀愛，不是他那種……」

翼正想揪他的衣領，經理過來引領他們去貴賓廂。

「不好意思，今晚特別忙碌，待慢了，這支清酒我們送的。」

翼故意灌婉琳幾口，免得她又窮追不捨地問東問西。

他用眼神示意祖意出此下策。

這時，何成亨跟文子揚出現，「Wayne！」過來搭他的肩膀。

翼打招呼，「只有你們兩人？」

「不，」成亨指指另一桌女生，然後笑笑，「我過來買單。」

婉琳跟瑩瑩被這些關係搞糊塗，他已拉起翼到另一桌。

子揚臉紅，「嗨，Cayenne！」

婉琳有些醉意，站起來當子揚是小弟弟，雙手捏捏他的臉，「好嗎？吃了晚飯沒有？」

子揚搖頭，婉琳拿起剛點的雞肉串，「請你吃！」

翼連忙趕回來，「Ray，對不起，Cayenne喝醉。」

「沒關係！」子揚變回男子氣慨。

婉琳揮揮手，「下次再見！」

筠笑著搖頭，「百億身家的文子揚竟然給琳琳『搓圓捏扁』。」

瑩瑩彷然大悟，「哦，原來他是Ray。他很喜歡Cayenne。」

翼不以為然，他比婉琳年少七年。

「他們這些公子哥兒，很多女孩子圍著他們吃喝玩樂，有多漂亮的女孩子他們未見過。」

瑩瑩看到翼不著緊，認真道，「喜歡Cayenne的人不會少。」

婉琳好奇，托著頭，「誰啊？」

「我們低年級的同學啊！」瑩瑩的心裡喊，因為已經是過去的事，她沒說出口。

祖意轉移話題，「翼，你打算在哪裡開店？」

「跑馬地，交通不便成就了位置隱蔽，私隱度高，我們經營高級居酒屋，內裡有多個廂房，同時有活動板，可隨意調整大大小小的廂房。」

「讓我們再想想。」祖意認真回答。

婉琳手搭著翼，「老公，那個瑪姬對你做了什麼？」

翼冒著冷汗，「少不更事，那是過去的事了。」

他上傳剛剛兩張相片，調至黑白色，「老婆，先吃！」

喜歡他的原因，其中也是因為他的帥氣外表而被吸引，其他女生喜歡他，她是理解的。

臨走前，婉琳繞著翼的手臂，跟成亨他們說聲再見，亦對女生們大方微笑。

翼連眼尾也不敢看。

其實當晚只是喝醉熱吻。

但女人容易多想，寧願她什麼都不知道。

明韻看到翼的相片，留言「魚生好熱啊！」加上大笑表情符號。

翼回覆，「多事！」

看到床上的人兒臉紅紅的看著書，披散柔順的長髮，跟剛剛一起的時候大不同，但本心還是一樣。

「老婆，Loewe 有新款鞋，明天去逛街好嗎？」

「不要亂花錢。」頭也不抬起回答。

「但我想穿情侶鞋。」

婉琳終於抬起頭，「你嫌我沒事做嗎？又要收拾多一對鞋來搬屋。」

然後繼續低頭看書。

翼拿著傳單，坐在床上，「老婆，Sogo thankful week 有廚具減價。」

「哦，是嗎？」婉琳雀躍伸手拿來看。

翼收在身後，「還是不要了，妳又要收拾多一個煲。」

婉琳搥他一下。

翼高舉單張，邊看邊誇張叫道，「嘩！嘩！嘩！」

婉琳跺腳，「你真壞！」

翼把臉哄過去，婉琳吻他一下，以為他把單張給她，結果他只是騙吻！

最後婉琳還是跟翼去買鞋，然後才去看廚具。

翼碰見祖意，看到女生們在搶購，他輕嘆，「希望我老婆沒有帶壞你的。」

祖意搖頭微笑。

兩位帥氣十足的男人在廚具部等待自己的另一半，畫面很有趣。

婉琳忍不住拍照，上傳社交網站，「一代型男……」

翼的手提電話響起。

「老闆，不好意思，剛收到雜誌的通知，他們想用輕鬆的手法去訪問，如果明天早上在你家方便嗎？」

「我待會跟 Cayenne 說聲，大老闆還有什麼吩咐？」

「沒有了。」

翼放下電話，思考工作上的問題。

婉琳見狀，拉著瑩瑩，走到他們跟前，「一起吃飯，好嗎？」

兩位女生同時梳兩條法式三手辮，份外可愛，彷彿回到中學的時光，祖意感慨幸福就是這樣。

「吃什麼？」

「點心好嗎？」

翼跟著他們，腦海仍是想著明天的訪問。

婉琳他們穿上 Bally 的休閒服和配戴 AP 的手錶，代表歐洲的品牌，等待記者過來。

「老公，我待會躲在哪裡？」

「為什麼要躲起來？」

「不用嗎？」

翼吻一下她的頭，「傻瓜。」

門鐘響，家傭去開門，他們在玄關迎接。

「陳總，陳太太，你好，我是鄧菲。」

互相握手後，婉琳準備好茶給他們，然後退在餐桌後。

「陳總，去年科技股一哥成功在港上市，今年市場較靜，只有 2600
億美元，請問明年集資上市的看法是怎樣？」

婉琳聽到呆了，原來自己的丈夫處理幾千億的資產的其中一人。

「新經濟股仍然活躍，預計明年會有 120 個新 IPO，加上概念股回流
準備二次上市，我有信心我們能重奪全球集資第一之位。」

「老公很有魅力！」婉琳心想。

攝影師鏡頭對著婉琳，拍下她對丈夫流露愛慕的眼神。

記者訪問金融部分後，竟然轉到私人話題。

「去年你晉升為香港區總裁，同行亦經常讚你是寵妻總裁，可以分享
如何在工作和家庭作出平衡？」

翼不禁一笑，「為什麼會有人好奇我們的生活，我們跟其他夫妻沒有
什麼不同。」

鄧菲也笑笑，「陳總，歐洲銀行為弱勢社群籌款，為圓太太的夢想，
不是每個人都可以這樣做。」

「慈善活動，不分大小。我太太 Cayenne 熱心公益，何樂而不為呢？」

翼思考著，「或者我這樣說，我的工作時間頗長，今年更抱歉連太太
的生日也沒有慶祝。但 Cayenne 是非常有生活情趣的人，除了悉心
打理我們的家，與此同時她會幫助少數族裔融入社區，從其他人身上
學到的，運用在家中，對我來說是驚喜。」

他喝口茶,「她的付出比我多,說我是寵妻,我覺得我才是被寵壞的一位。」

鄧菲不是第一次訪問成功人士,但第一次遇到這樣坦白的人。

「私人事就說到這裡了。」翼微笑。

「非常感謝您接受我們的訪問。」鄧菲示意攝影師停下來。

「陳太太,謝謝妳的茶點。」

「不客氣。」

翼撫摸著婉琳的頭髮,寵愛地看著她,攝影師忍不住拍下這張照片。

送走記者,婉琳呼出一口氣。

「老公,你很厲害啊!」她吻上他的唇。

「哪一方面?」翼圈著她的腰,手卻撫摸她的臀部。

「不正經!」婉琳輕拍他。

「妳想歪了!」翼扮著冤枉。

一星期後,雜誌專訪出街後,翼的社交網站追蹤人數急升,而婉琳仍是處於私人戶口狀態,繼續低調生活。

同事們翻閱雜誌,看到婉琳的側面照,充滿愛慕的眼神,相片的英文註明,Wayne Chan 說他才是被寵壞的一位。

明韻大叫,「老闆很肉麻啊!」

嘉茜掩住她的嘴,「不要那麼大聲!」

「Ivana 是老闆娘好友,她有免死金牌。」德信笑道。

「上次在 Cayenne 背後鬼鬼祟祟的同事就被炒了。」另一同事八卦地道。

培林聽到有點緊張,雖然他工作上仍然穩妥,但他卻沒有被邀請去參加法國婚禮。

「怎可能對同事出手?」明韻皺眉。

「但妳經常打我，算是出手嗎？」德信試探口風。

明韻翻白眼。

唐敏力，黃維臣同時也看到雜誌的報導，各自有一個想法。

十五、遇見舊友

翼帶著婉琳到新加坡出差，順道慶祝訂婚週年紀念。

Sands, Straits suite.

婉琳看著窗外藍天一色，翼從後擁著她，為她戴上 Bvlgari 的項鏈，「訂婚週年快樂！」

婉琳微笑，「也祝你生日快樂！」然後為翼扣上 Bvlgari 的手鐲。

「謝謝，幸好我早有準備。」翼笑笑。

婉琳圈著他的頸，「Love you！」重重地吻他。

翼正想回應，婉琳轉身，「去游泳池！」

Sands 最有名的戶外泳池，婉琳換上連身泳衣，她在外從不性感。

翼不下水，只坐下來幫她拍照。

「我的美人兒，Happy Engagement anniversary！」上傳了她的背影。

晚上他倆在餐廳慶祝。

一邊喁喁細語，一邊親吻她的手，幸福的感覺就是這樣了。

甜品上餐時，服務員送上花束及朱古力慶賀他們週年紀念，婉琳滿心歡喜。

房內設有小型電影廳，翼應承了婉琳一起看戲，承諾至今才能實現。

互相依靠對方，靜靜地看電影，翼輕掃婉琳的頭髮，享受這美好的一刻。

翼臨睡前說，「明天我要十時開會，直到下午我才回來。」

婉琳習慣擁著他睡，微微抬頭，「我已經預約了 spa，然後逛街，在 club55 吃下午茶，後天我會去 TWG 喝下午茶，有時間會約舊同學，我自己已安排了節目。」

翼吻一下她，「原來我寶貝的節目這麼豐富，晚上我們可以外出吃飯。」

第二天吃過早餐，婉琳趁未有太多人，先暢泳一番。

大老闆唐敏力晉升為亞太區財富管理聯席主管，亦是香港區的行政主管，他力邀翼也飛過來，是希望他能參予香港區的財富管理部，今日約見以電動機械人科技為主的公司創辦人李繼華，商討未來財富管理。

李繼華本身是香港人，看中新加坡市場，潛力大，接受新事物較高，曾集資上市擴大業務。

「各位好，我是李繼豪，大哥在韓國開會，明天才回來，我大嫂待會過來，代表大哥跟大家見面。」眼睛大大的李繼豪擁有一張娃娃臉。

李繼豪有種玩世不恭的態度，否則怎會約在泳池旁邊的餐廳談話，大家說著客套話，等待他的大嫂的出現。

他突然站起來，「Cayenne！」

婉琳左看右看，誰人在叫她。

繼豪馬上跑出去，擁抱游泳後的婉琳，「好久不見！」

婉琳嚇到花容失色，輕輕推開他道，「李繼豪？」

翼也驚訝，他怎會一下子擁抱她？

繼豪指著銀行家們，「我跟他們閒聊，待會我大嫂來，我帶妳去玩。」

然後熱情地拉著她手到餐廳內。

婉琳面色慘白，看見丈夫在做正經事，自己卻這樣狼狽，害怕失禮他。

「不……不要了！」婉琳連忙把所有毛巾包著自己。

繼豪向各人抱歉道，「碰見我的初戀，嘻嘻！」

婉琳倒抽一口氣，「繼豪，不要亂說，我不想我丈夫誤會，好嗎？」她急得眼睛紅紅。

繼豪雙手搭在她肩膀上，「妳結婚了嗎？我們曾一起旅行……」

她還是推開他，「不是一起旅行，是小時候旅行團認識。」

翼由繃緊的表情慢慢放鬆。

「不好意思，打擾大家了。」婉琳道歉。

繼豪拉著她的手，「Cayenne！」

突然有把聲音介入，「繼豪！」

眾人回頭，翼也控制不住了表情，是黃茵！

「大嫂……」繼豪慌張。

黃茵向眾人賠罪，「我在餐廳訂了貴賓房，請大家一起午膳吧！Cayenne，我可否邀請妳一起午餐？」

婉琳微笑，「我梳洗後再過來。」

繼豪用依依不捨的眼光看著婉琳的背影，翼感到不是味兒。

婉琳心裡有氣卻不得發作，一方面氣自己在丈夫及上司面前這樣狼狽，另一方面丈夫沒有護著她。

回房後她狠狠地打扮一番，換上 Self-portrait 粉紅色雪紡連身短裙，編了少女法式五手辮，甚為活潑的打扮。

她走進餐廳，令人眼前一亮。

繼豪連忙拉起椅子，婉琳微笑坐下來。

黃茵看到她手上的戒指，「Cayenne 這麼年輕就結婚了？」

婉琳睞著眼，「我跟丈夫錯過了彼此十多年，他不想再等。」

唐敏力終於察覺異樣，看著翼擠眉弄眼，翼無奈地低頭喝水，其他新加坡的同事不明所以為什麼話題在婉琳的身上。

繼豪非常失望，「Cayenne，讓我認識他好嗎？我想看看我有什麼比不上他？」

婉琳失笑，「沒有什麼可比，只是他是我由小到大喜歡的人。」

翼受不了這種偶像劇的情節，站起來說，「其實我是……」

有把男人的聲音打斷，「Cayenne！」

嚇得婉琳一跳，這次又是誰啊？

黃茵也站起來，「老公！」

「大哥哥！」原來是李繼華，婉琳站起來跟他握手，「好嗎？」

「妳還是十七歲的那樣子！」

「沒有啦！」婉琳羞赧，「我已長大了，今年已經結婚。」

李繼華笑問，「誰是這幸運兒？」

「是我！」翼上前握手，「你好，我是 Cayenne 的丈夫 Wayne。剛剛在游泳池有點混亂，未能及時自我介紹，不好意思。」

李繼華比他們年長十多歲，大約猜到發生什麼事，「我弟弟魯莽了，一下子見到少年時喜歡的人，興奮忘形，深感抱歉！」

翼大方地道，「我跟 Cayenne 相識於她 13、14 歲時，失去聯絡十多年，前年在上海重遇，那一刻心跳得很快，我也能明白這種的喜悅。」

李繼豪真的不比上他。

婉琳向繼豪笑道，「謝謝你還記得我，保重！」然後向各人道別。

「我送 Cayenne 出去。」翼輕扶著婉琳的腰。

婉琳白他一眼，半開玩笑道，「難怪你經常來新加坡，原來是她！」

但是翼的面也黑了，「為什麼他可以這樣抱著妳？」

「不是啦！」婉琳看著手錶，「我去 spa 了，待會見。」馬上溜走。

下午婉琳在 Clubhouse 喝下午茶，上傳照片，「享受快樂時光，謝謝
老公。」

翼突然出現拉下椅子坐下，婉琳圈著他頸，作親吻狀拍照，再上傳，
「我的大帥哥。」

「老公，笑一下嘛。」翼仍是黑著面。

侍應過來，「請你給我老公一杯 Darjeeling tea。」

「開會順利嗎？」婉琳手拿起蛋糕。

翼看到她少女的模樣，吃蛋糕也很滿足的樣子，他生氣不下了。

「妳在哪裡認識他？怎麼一見面就擁抱？」

「我哪裡和他擁抱？我自己也被嚇到，大庭廣眾這樣對我，如果不是
為你的客戶，我已經罵他了！」婉琳委屈道，「還要給面你的前女朋
友，坐下來吃飯。」

翼下一子忘記黃茵，仍撐著，「妳怎認識他？」

「在北京旅行團認識，之後回港大家分享相片，吃過幾次飯，然後發
覺沒有共同話題，我就少聯絡了。」當然省去他追著她的事情。

翼的臉色才緩下來，他相信婉琳不是左右逢源的人，只是不明白這些
公子哥兒為何看上她。

他牽她手回房休息。

婉琳撇撇嘴，「反而你經常飛來新加坡，原來你過來見她。」

翼的反應很大，「明知我們來往會令妳不高興，我還會這樣做嗎？我
到今天才知道她已經結婚。」

婉琳圈住翼的頸項，知道她的寶貝老公又呷醋了，撒嬌道，「你又帥
氣，又能幹，我擔心也是應該的。」

翼誤會了她的意思，面色柔和地道，「妳的溫柔是最大的武器，殺得
我體無完膚。」

婉琳吻一下他。

他把頭枕在她的大腿上，想著工作的事情。

「老公？」

「嗯？」

「大老闆打算將你調職去財富管理嗎？」

「嗯。」翼嘆氣，「加上家族辦公室，這將會是不斷擴張的業務。」

「為什麼嘆氣？」

「如果我要經常兩地飛，我們不能常常一起了。」

婉琳嚇一跳，「你不是一向事業第一嗎？」

翼不想談下去，轉換話題。

「老婆，我可以傳短訊祝福她嘛？」

「當然可以，應有風度。她現在生活幸福嘛？」

「很好。」

他們各自找到愛慕的人。

最後翼向團隊提議李繼豪每月可領取的款額，等於他每月在外賺取
的薪酬，即是每月賺一萬元，便可在基金拿取一萬元。

李繼華非常滿意這個方案，冀望弟弟不再游手好閒。

回港後，黃維臣辦了家庭聚會邀請翼兩人一同前來別墅。

十六、喬遷新居

「嗨，Wayne，Cayenne！」黃維臣開了兩支紅酒，2005 及 2009 年的 Lafite。

翼好杯中物，小斟一杯。

黃維臣揚揚手，「我太太 Sylvia，這是 Wayne，他太太 Cayenne。」

黃太太向他們握手，「你就是 Cayenne！看過 Wayne 的報導，果然是入得廚房，出得廳堂。」

婉琳靦腆，「他誇張了！」

「Sylvia 下個月幫婦女團體籌款義賣，今天請了酒店甜品師過來教造朱古力，妳有興趣嗎？」

婉琳高興地點頭，黃太太帶她到廚房內。

翼他們在閒聊，黃太太在內大叫，「Vincent 過來拍照！」

黃維臣立即放下酒杯奔向廚房。

翼笑笑，也走進廚房幫太太們拍照。

「Wayne，你要站高一點點，這樣她們的臉才顯瘦。」

翼啼笑皆非，亞太區總裁跟他研究怎樣拍瘦臉照。

把朱古力放進雪櫃後，一起共進午餐，黃維臣問婉琳，「好玩嗎？」

「好玩啊！學到很多技巧，謝謝！」

「有空常常來，Sylvia 最喜歡跟志同道合的人一起下廚作樂。」

婉琳微笑說聲謝謝，她還未學到丈夫的一半，對其他人似親近但疏遠。

非常愉快的氣氛。

一上車，婉琳呼一口氣，「老公，你怎麼一下子這麼受歡迎？」

翼鬆鬆肩。

黃太太跟丈夫說，「Cayenne 是什麼背景？」

黃維臣笑答，「她是 Wayne 的心頭一塊肉。最近他的雜誌訪問，熱愛工作，愛妻，行善，他能加入我們美國投行，大大提升公司形象，有何不何？」

終於搬屋了，翼拒絕飛往新加坡，他寧願待承公司客戶，好過私人或家族客戶。

為免吵架，翼聘請專業搬運公司，他們把所有東西整齊地放回新屋。

他很滿意各傢俬擺設，尤其衣櫃，安放在床頭後面。

自從翼升職後，他有時用袋巾，太多配件，婉琳怎樣也要分開兩邊衣櫃。

婉琳換了套深紫色床單，她坐在對海的窗台喝香檳。

翼從後擁著她，「累嗎？」

「有一點點。」

他們耳鬢斯磨，「想什麼？」

「沒有，只是透透氣。」

婉琳在想，她由一位睡在酒店大堂的女生，變成坐在對海房間的太太，一切似夢境。

翼吻著婉琳，抱起她到床上，婉琳擁著他就睡了。

「老婆？」翼聽到她熟睡的呼吸聲。

婉琳很少遲起床，但昨天真的太疲倦。

翼拿著外賣早餐回來。

「早晨，老公。」婉琳看到廚房中島上的牛角包，「謝謝你！」

婉琳穿上恤衫裙，慵懶柔媚喝著咖啡，翼會心一笑，週末跟她一起，就是最好的加油站。

翼捧著她臉吻一下，吻著吻著，手就不自覺探入她大腿內。

「老公……」婉琳不依。

這時，電話響起來，是佩雲！

「喂，姐姐！」

「給你兩個選擇，聖誕或新年回加拿大探爸媽。」

「這是選擇嗎？」翼低吼。

「明天答覆我，我去訂機票。」說完，掛線。

翼在發火，婉琳放下咖啡，幫他按摩肩膀，柔聲道，「怎麼了？」

翼的氣馬上消一半，「新年去加拿大好嗎？」

「好啊。」然後吻丈夫的臉，「老公，我要跟瑩瑩商量婚禮事宜，他們今晚過來可以嗎？」

翼點頭，他腦海思考怎跟家人說他們的事，然後上書房，婉琳在廚房準備晚餐。

隔了半小時，翼大叫，「老婆！」

新屋的設計是複式單位，第一層是廚房、飯廳、客廳、家傭房、浴室，樓上是半開式，主人套房、客套房、書房連工作室。

翼一直在叫，樓下的人是聽不清楚。

他在走廊把頭向下望，只看到客廳，但無人，再叫，「老婆！」

婉琳才聽到，「怎麼了？」

「我要有氣蒸餾水。」

「請等等。」

婉琳皺眉，不用那麼大聲吧？

她倒了一杯水加青檸，趕快拿給丈夫。

翼生著悶氣，「怎麼我看不到妳？」

「大少，我在廚房醃羊架啊。」

「以後怎麼辦？我每次也要大叫嗎？」

婉琳指著對面的房間，「以後晚上你在工作，這裡就可以看到我在睡覺。」

「結婚前，妳不是一直陪著我嗎？」

「你現在離不開我的五指山，所以沒有了。」說完後大笑。

翼聽到是「離不開」，心情大好，抱起婉琳在書桌上親吻她。

「老公，大白天，不要鬧！」婉琳逃走。

翼在書房來回踱步，發覺欠缺一只傢俬。

黃昏，瑩瑩他們到來。

筠送上一支日本威士忌做 Housewarming 禮物，瑩瑩及祖意則送上印了他們名字的床單。

「謝謝！」婉琳接過禮物，翼在開紅酒。

吃過晚飯後，婉琳展示場地相片給瑩瑩，「三，四月做戶外婚禮，自助午餐形式，做一個花拱門，兩邊的椅子也繫上相應的花，妳覺得如何？」

「好漂亮！」瑩瑩讚道，「幸好有妳，否則花多眼亂，不知怎選擇才好。」

「有想過什麼顏色嗎？」

「白色，杏色，綠色可好？」

「不錯，自然風，你看看鼠草尾綠，喜歡嗎？」

「噢，原來綠色都有這麼多選擇！」瑩瑩懊惱。

祖意走過來，「怎麼了？」

「你看看！」瑩瑩指著相片，語氣似撒嬌但又煩躁。

婉琳再拿幾張相片出來，「我之前做了幾個花球，妳看看哪一個較喜歡？」

「很漂亮，真的謝謝妳。」祖意誠心道。

「不用客氣，我也當練習。」

祖意摸摸瑩瑩的頭，「要我陪妳選嗎？」

「不用了，我會來來回回看幾次。」

翼坐在梳化跟筠在談居酒屋的事宜。

「那我跟他們談談公司的事情。」

婉琳從雪櫃拿出 Tiramisu 分給各人，「不用心急，慢慢看。」再沖一壺大吉嶺紅茶。

「凱雯會幫忙做結婚蛋糕；花球、襟花、場地布置，我會找老師幫忙；酒店會提供優惠做自助午餐，剩下就只有婚紗，禮服和首飾。出門的地點也在酒店好嗎？餅卡、回禮紅包，我們一起去買，請柬，需要特別設計嗎？」婉琳在想，還有什麼遺漏？

瑩瑩仍在看花球的相片。

「寶貝，妳還未決定嗎？」婉琳愕然，「我們還未看婚紗啊！」她拿出幾本雜誌。

「妳們兩個皮膚白皙，不要穿黃色。」翼突然插嘴。

「為什麼？」

「Minions。」

婉琳皺眉撇嘴，「似香蕉嗎？」突然想起，「婚紗相呢？」

瑩瑩非常苦惱，「讓我先想想婚紗……」

婉琳低聲道，「新年我跟翼飛去加拿大見他的父母，我們早些準備，我就較放心。」

「是嗎？他們很久沒見面了。」瑩瑩也壓著聲線。

「我也很擔心。」

瑩瑩轉回話題，「我先看看雜誌，然後下星期再試婚紗？」

「我朋友認識一位裁縫，她可以幫忙做婚紗，但地方就簡陋一點。」

「就這樣辦好了。」瑩瑩覺得頭暈眼花，「祖，我們差不多了，Wayne，打擾了，Cayenne 幫了我們很多。」

「不客氣。」翼微笑，擁著婉琳送他們出門。

婉琳收拾一下便上浴室，翼也擠進在一起。

「老公！」婉琳抱怨。

「有兩個花洒，我不可能進來嗎？」

一點私人空間也不給她。

還以為結婚後感情會變，想不到變得痴纏。

天氣寒冷，翼穿上大衣，英姿颯颯地上班。

婉琳弄好早餐後再睡覺，翼差不多要了她一整晚。

差不多十時多，婉琳收到電話，「喂？」

「小懶豬，還未起床嗎？」

「在賴床。」

「跟我們一起午餐，國金軒，十二時。」

「好的。」

婉琳打起精神，開始一天的工作。

家傭把乾洗拿回來，她就分類收拾，老公大人不喜歡其他人走進他們的睡房。

接著開始打扮，穿上 Chanel 的粗花大衣，黑色連身裙，短靴。

打著呵欠在國金軒等待他們。

「陳太太，請問想喝什麼茶？」經理上前問。

「碧螺春，菊花，謝謝。」

坐了一會，他們到來，婉琳站起來跟各人打招呼。

「我們可以去妳家玩嗎？」明韻一見面就捉著她手，翼連親一下的機會也沒有。

「不可以。」

「可以啊！」

翼跟婉琳同時回答。

「那我們平安夜去妳家。」明韻完全沒有放她的老闆在眼內。

翼馬上嫌棄地噴一聲。

明韻一臉不在乎。

「其他人沒有約會嗎？」婉琳好奇問。

嘉茜看德信一眼，德信只看著明韻，「我沒有約會。」

心思細密的婉琳看到他們的眉來眼去。

吃到一半，婉琳在打呵欠。

「妳很累嗎？」

「昨晚睡得不好。」婉琳卻不爭氣地臉紅。

「老闆的體力有這麼好嗎？」

翼給茶嗆到，「Ivana，妳可不可以注意一下場合呢？」

眾人不敢笑，只有明韻在笑，但誰人都看得出翼很器重她。

吃過後，翼掃掃婉琳的前額，「要回家睡覺嘛？」

「不了，我逛一會。」

翼低頭吻她，「待會見。」

「老闆！」明韻翻白眼。

「妳這個剩女不會明白有家室是多麼幸福的事情。」翼嘆氣搖頭。

這次明韻給他氣倒。

婉琳剛離開，卻碰上子揚，「嗨，Ray！」

「Cayenne！」子揚高興地揮揮手。

「在做什麼？」

子揚無奈地苦笑。

「怎麼了？喝咖啡嗎？」

黃維臣剛好經過咖啡店。

十七、聖誕假期

子揚坐下來，不知如何打開話題。

婉琳其實對他的背景並不認識，隨口問問，「剛剛去哪裡 shopping？」

子揚搖頭。

「NBA 球星來香港，有興趣看嗎？」

「嗯，好。」

「你大學時讀什麼？這麼會打籃球！」

慢慢打開了話題。

原來文氏家族還未讓子揚出來工作，說是怕他辛苦，為他好，只是產業收租也足夠，但他感到自己遊手好閒，沒有貢獻。跟李氏比，想法差天共地。

李氏白手興家，凡事親力親為，當然希望親弟弟也一樣；但文氏家族資產甚多，第二代已經游手好閒，第三代更不堪想像。

婉琳想像不到他們的世界，坐了兩小時聽他吐苦水。

翼下班時去訂一張貴妃椅，打算放在他書房，讓婉琳陪他工作。

回家後，看到婉琳若有所思的樣子。

「老公，這麼早回來？」

「工作不多，反正 sales target 已達標。」

翼沐浴後，熱騰騰的韓式豆腐湯已經準備好。

婉琳正在盛湯，「今天我碰見文子揚，我們去喝咖啡。」

「是嗎？談什麼？」

婉琳想一想，「聽聽他說話，但不太明白他們的世界。」

翼挑起眉，「哦？」不以為然，「家中有泡菜嗎？」

「有啊。」

翼不把這件事放在心上。

晚飯後，翼擁著婉琳看電視。

「很久沒試過這樣輕鬆。」

電話訊息響起，翼嘆氣以為是公事，原來不是他電話。

婉琳找電話，原來是子揚，「已訂好 NBA 入場券。」她看到後遞給丈夫。

翼看一眼，遞給婉琳。

「我怕你呷醋。」

「不會吧。」

婉琳扁扁嘴，「不會嗎？我這麼漂亮？」

翼扮作新發現，「讓我看看，哪裡？哪裡？」

他認為子揚只當她是姐姐。

NBA 球賽，子揚跟婉琳穿上衛衣，戴了鴨舌帽，別人以為他們是情侶裝。

其他明星出風頭，他倆低調地看球賽，可是堂堂百億身家的他，怎樣也成為娛樂焦點。

子揚不懂跟人打交道，其他人以為他不可一世，婉琳教他基本應對，然後在逗他笑。

第二天的雜誌，頭條是百億身家文子揚，什麼女友現身，什麼溫馨，什麼開懷大笑。

現實是他們激動地看球賽。

子揚不懂應對，馬上打電話給成亨。

成亨見報經驗多，他先打電話給翼，嘆氣道，「Wayne，不好意思，雜誌亂報新聞，連累了嫂子，子揚托我向你道歉。」

翼不明所以，「發生什麼事？」他剛剛站在祕書辦公桌位置。

貝麗給他看週刊封面，他翻看內容，相片沒有交頭接耳，沒有任何親密。

翼的臉上沒有太大的表情，只是「嗯，嗯」回應對方，然後返回辦公室工作。

明韻敲門，「老闆？」

翼點頭。

明韻關門，還未開口，翼已說，「喜歡一個人的善良，就要包容她沒機心，我想對方會行動，妳就不用擔心了。」

翼從來沒擔心過。

上星期瑩瑩來他們家，她們在閒談偶像，翼以為是 boy band，原來是中性打扮的演員。

他微笑，她不喜歡男生。

子揚看雜誌，大發脾氣，要求父母把這本雜誌消失。

文先生打趣，「誰令我們兒子動氣？哪一個明星？」他翻開報導。

子揚更氣忿，「她是一位非常善良的女孩，我只有尊重她。」

文太太好奇，「這女生是誰？」

「她是誰都好，她不會喜歡我。」子揚有些落寞，「馬上叫律師出信。」

善良在這商業世界是毫無價值，正因為這樣，才令到他如此珍惜她的善良。

雖然引起文先生的好奇，但先處理好這件事。

一小時後，全港雜誌消失，換來道歉啓示。

子揚打電話給婉琳，「Cayenne？」

「Ray？」

「不好意思，雜誌的報導……」不懂得怎說下去。

婉琳仍在家，不知道發生什麼事，「什麼啊？」

子揚說了由來，最後雜誌用「陳太太」來代表婉琳作道歉聲明。

怎知道婉琳大笑，「我年紀大過你這麼多，他們眼花吧！」

子揚想不到她沒當一回事，還笑說感謝他，讓她做了一日明星。

他不知怎應對，但把所有相片儲存起來。

翼看到啓示，沒想到子揚對婉琳這麼上心。

又一個公子哥兒。

這時，婉琳打電話來，「老公，今天忙嗎？放工後我來接你，想吃日本菜。」

放工時，婉琳穿上 Dior 的白色毛衣，格子短裙，笑眯眯地奔向丈夫。

穿上 Dolce & Gabbana 黑色西裝的翼，看到妻子不懷好意的笑臉，原封不動，雙手插袋，「什麼事？」

婉琳吻一下翼，「我想買聖誕裝飾。」

翼忍著笑，她這個人，結了婚還是這樣子，到現在每月仍給他帳目表，差點連收據也給他。

他故意整她，沉聲道，「嗯，又買東西？」

婉琳挽著他的手臂，「聖誕嘛，去年是藍色主題，今年是金色。」

「嗯，吃飯後去看看。」

當看到她一臉認真地選聖誕裝飾，忍不住拍照，寫上，「My simple girl, Christmas bauble already made her day。」

「老公，哪一個漂亮？」

翼上前擁抱她，「妳最漂亮。」

婉琳淺笑。

選擇了顧家，善良的女人，就不會抱怨她只會花錢不懂賺錢，最重要是值得花。

他們兩人沒提及白天發生的事，一場鬧劇。

晚上，婉琳哼著聖誕歌，坐在梳妝台前塗護膚品。

突然她苦惱地問，「老公，你對數字這麼厲害，你會不會感到我很笨？」

翼搖頭，「我對圖形都不夠妳厲害，圓形和八角形的平底鍋，分別何在？」

婉琳白他一眼。

翼笑著道歉，「每個人的專長不同，沒人是十全十美。我跟妳一起，才知道什麼叫家，什麼叫生活。」

頓一頓再說，「我們一起，是互相學習，我們不需要比較，亦不應強迫對方跟自己的一套，忽視對方的專長。」

婉琳用仰慕的眼光向他，「老公好成熟啊！」

翼笑笑，「傻瓜。」

她圈著他的頸，吻著自己愛慕的人。

早上起來，翼出門前說搬運公司會送一件傢俬過來。

直到中午時分，翼還未收到婉琳的短訊。

「老婆，傢俬還未到？」

「我還在等。」婉琳在準備晚餐，「老公，我在弄海鮮，待會再說。」

翼外出午飯，在公司樓下訂了一束粉紅玫瑰。

門鐘終於響起，家傭幫忙搬進來，「太太，請問搬去樓上哪間房？」

婉琳愕然,「不好意思,我不知道丈夫買了什麼。」

「貴妃椅。」

「應該是他書房。」她不禁好氣又好笑。

這個購物狂的丈夫。

婉琳拍照,寫上:奴婢椅。

翼看到大笑,黃昏拿著鮮花回家給婉琳,「不好意思,上午要妳乾等。」

「你啊,自己上房看看。」

翼上書房,大喊,「Perfect!」然後下樓,「還欠一張毛氈,明天去買。」

婉琳搖頭,盛湯後準備晚餐。

「椰子雞湯,菠蘿炒飯,我的至愛,老婆,我眞的要好好愛妳。」翼正伸手擁抱婉琳,他的電話響起。

「嗨,黃老闆!」

翼只是「嗯,嗯」回應,」我跟 Cayenne 說聲,謝謝你的邀請。」

掛線後,翼喝口湯才說,「Vincent 邀請我們平安夜中午慶祝。」

「晚上我叫到會好嗎?」

「好啊!妳不用太辛苦。」

「我可以邀請楊醫生嗎?他好像對明韻好有興趣。」婉琳在賊笑。

翼一直以爲他喜歡是婉琳,原來誤會了。

第二天的中午,明韻跟翼走進 Hermes。

「老闆,這個袋不是有錢就買到。」

「是嘛。」翼仍是撲克臉。

售貨員笑臉迎上,「張小姐,妳要的粉藍色 Kelly 手袋。」

翼看一下,點頭。

「張小姐,第一次看到妳男朋友,很帥氣!」

明韻誇張地搖頭,「他是我的魔鬼老闆,他買來送給太太。」

翼沒有理會明韻如何貶低他,客氣地問,「請問有沒有羊毛氈?」

售貨員展示幾款款式,明韻在旁,「老闆,放在貴妃椅嗎?」

翼很喜歡深藍,但婉琳又喜歡粉色。

明韻拿主意,「駱駝色。」

翼終於開口,「妳怎知道 Cayenne 喜歡這顏色?」

「因為我比你還清楚她喜歡什麼。」

「我看妳再升職會有點難度。」翼冷冷地說。

明韻堆起笑臉,向售貨員說,「請幫我這位帥哥老闆的手袋配上 Tilly 及 charm。」

這時,貝麗也到來,「老闆,不好意思,剛剛要交報告。」

「不要緊。」翼微笑,「我先東西放上車,你們在 Sevva 餐廳等我。」

翼從不跟女同事獨處,所以邀請貝麗一起午餐。

回家後,翼把禮物放在聖誕樹下。

翼跟婉琳帶了紅酒及聖誕禮籃去黃維臣的午餐聚會,兩夫婦穿 Ralph Lauren 毛衣。

「Wayne,Cayenne!」黃維臣熱情地迎接他們入屋內,再介紹他的朋友,原來全部都是他的下屬。

黃太太看到婉琳,親切地握住她手,「好嘛?」

婉琳微笑,「好啊,你們好嗎?」

黃太太領她去梳化,「好啊,她們是 Vincent 的同事太太。」然後逐一介紹。

「各位好!」

黃維臣拉了翼去玩撲克,一邊喝酒一邊閒聊。

太太們在聊起朱古力義賣，黃太太跟婉琳說，「有空妳跟我們一起活動。」

婉琳點頭。

其中一位太太問，「Cayenne，妳也是做銀行嗎？」

「不是，我只是家庭主婦。」婉琳笑著回答。

「辛苦妳了，家務比上班還辛苦。」

另一位太太道，「是啊，有時在家更受氣，什麼也旨意我一人來做。」

黃太太笑道，「你們這麼年青，Wayne 不會這樣的。」

婉琳巴不得點頭。

「妳出來工作，他就沒藉口勞動妳。」

眾人在笑。

黃維臣走過來，「這麼高興，聊什麼？」

黃太太略說一二，黃維臣大笑，「Wayne 會這樣嗎？如果是，Cayenne 可考慮到我公司工作，回家去指揮他。」

「你們公司怎會請我這位煮婦！」婉琳在笑。

「我們公司有見習生，新年後來找我。」黃維臣給她名片。

午餐後，兩人回家準備晚餐。

翼在開紅酒倒入醒酒器。

「老公，Vincent 不是邀你過他公司嗎？怎麼他給我名片？」

翼聳聳肩。

「他叫我新年後找他。」

「妳喜歡就試試。」翼拿酒杯出來。

婉琳看到丈夫不在意的反應也沒說什麼。

十八、拜訪雙親

翼他們去到機場，才知道佩雲帶著初生嬰兒一起去加拿大。

「姐夫在哪？」

「他要跟醫法局開會，兩天後才去。」

婉琳逗著嬰兒，「嗨，你好，我是舅母啊！」

翼沒表示喜惡。

上機後，嬰兒在哭，佩雲馬上餵母乳令他安靜下來。

雖然商務客位較舒適，但翼總要過來看看婉琳。

「老公，我在看電影。」婉琳嬌嗔道。

「我悶啊！」翼向她撒嬌。

佩雲聽到他們的對話，翻白眼。

「你可以看電影或上網。」

翼沒趣地行開。

佩雲吩咐翼抱一會，她去洗手間，婉琳主動幫忙。

「不公平。」翼看到嬰兒小手搭著自己老婆的胸部。

「你小聲一點！」婉琳瞪他。

佩雲回來後，臉色有些蒼白，婉琳跟她說，「姐姐，不如妳先休息，他喝奶時我才把他抱給妳。」

十七小時的飛機，除了喝奶，婉琳一直抱著嬰兒，翼嘗試幫忙，但嬰兒一碰他就哭。

下機後，陳氏夫婦來接機。

翼推著行李，婉琳拿手提袋，佩雲休息過後回復精神，抱著嬰兒跟父母作介紹。

「爸，媽，她是 Cayenne。」

婉琳緊張地點頭，「Uncle，Auntie 好！」

陳老先生掃她一眼便上車，翼想出聲但被婉琳阻止。

差不多一小時的車程，婉琳敵不過睡意，靠著翼就睡了。

佩雲跟媽說，「剛剛我不適，Cayenne 抱了寶寶十多個小時。」

陳太太看看倒後鏡，「我想她也累壞了。」

到達大屋，翼搬行李上房，看到自己大學時期的房間，一點也沒變。但這床……

「老公，我睡在地上好了。」

陳老先生聽到，改成子母床，雖然不認同他們的婚姻，但未至於在冬天爲難他們。

「謝謝，Uncle。」

他們梳洗後便小睡一會。

婉琳睡了兩小時便到廚房幫忙。

「請問有什麼可以幫忙嗎？」婉琳看到潮州蒸倉魚、糖醋麵……等，嘖嘖稱奇，「你們很厲害啊！」

陳太太笑笑，「妳不休息多一會？」

「差不多晚飯了，我來看看有什麼幫忙。」

「妳去拿筷子吧。」

「明天我跟妳去菜市場好嗎？」

陳太太一愕，然後微笑點頭。

晚飯時分，氣氛尷尬，陳老先生跟「兒子」沒有說話，佩雲唯有將話題轉移寶寶身上。

婉琳因身分問題，也不敢多說話，低頭吃飯，也夾一著菜給翼，細聲說，「很好吃啊！」

陳老先生看到婉琳吃飯也笑瞇瞇的，開始對這位新媳婦有些好感。

晚飯後，婉琳負責洗碗，翼進來幫忙，「不用了，你有進過廚房嗎？」翼的確被寵壞。

他走出大廳，拿出婉琳在香港買的手信。

「這是琳琳買的，雖然加拿大什麼也有。」

陳太太接過，裡面有海味，竟然還有兩本財經雜誌，是翼做封面的！

時差的關係，各人都早早去睡。

翼鑽入婉琳的被窩裡。

「老公，好迫……」婉琳差不多要睡。

「天氣凍。」他緊緊擁著她。

「開暖氣了。」

「I am baby.」然後把頭埋在婉琳的胸口。

「不要鬧。」嘗試推開似香口膠的老公。

翼拉上她的運動裙，婉琳推開他，壓著聲道，「不要！你爸媽在這裡！」

「我們是合法夫妻。」翼賴皮。

婉琳輕輕咬他手臂，「痛！」翼叫道。

「睡覺。」

兩人擠迫在一張加大單人床上。

兩老在房裡看著雜誌。

「正如佩雲所說，她是個善良的孩子，只是遇上我們的孩子……」陳太太慨歎道，「但願他們幸福。」

陳老先生沒有作聲。

次日早上，婉琳進廚房幫忙弄早餐，「早晨！」

「妳每天都弄早餐給翼嗎？」陳太太問。

「是啊！他工作辛苦，早餐要吃好一點！」婉琳點頭回應。

陳氏看到「兒子」已經坐在飯桌等吃。

婉琳遞上杯子，「Wayne，咖啡。」

翼點頭。

陳老先生，「陳翼晨，進來拿咖啡杯。」

佩雲用眼神向婉琳示意坐下來。

婉琳只好坐下，逗著嬰兒，「早晨啊，小寶貝，來，我抱抱，讓你媽媽吃點東西。」

翼出來又見嬰兒跟他爭寵，伸手捏他的臉。

婉琳忍不住「嘖」他一聲。

佩雲跟嬰兒留在家，他們一行人出去華人超級市場準備新年食物。

「爸，姐已訂了年三十晚在酒店吃飯。」

陳老先生點頭，好一對父子。

「陳先生，陳太太，兒女回來嗎？」相熟的嬸嬸問。

「這是我新抱。」陳老先生開口道。

婉琳高興陳爸介紹她作新抱，「姨姨，妳好！」

「新抱大家閨秀的模樣，兒子呢？」

陳老先生遙指在左看右看的翼，「那個高大衰。」

「公子哥兒的，哪裡不好？」

翼趨前來，「我想吃餃子和湯圓。」

「好的。」婉琳看看有沒有餃子皮。

雖說翼是挑剔，但他永遠是拿著手提籃的一個，他圈住她的頸項，笑說，「很懷念這些超級市場，什麼也有的。」

婉琳認同，「是啊，我想吃炸豬皮。」

嬸嬸笑道，「又登對又恩愛。」

接著去凍肉店，水果店，陳老先生都介紹他們。

婉琳煮沙窩花膠雲吞雞，個個讚不絕口，另一個晚上煮拿手的東坡肉及龍井蝦仁，陳老先生亦不禁連連稱讚。

翼笑道，「看來老爸疼妳多過我了。」

臨睡前，翼給婉琳看看自己大學的照片，他從背後擁抱她，把頭擱在她肩膀上，「大學的時光令人懷念。」

婉琳看到他作男性化的打扮，她摸摸相中的他。

「真人在這裡，摸相片幹嗎？」

「我錯過二十歲的你。」

「我也是。」

翼已跟婉琳纏綿。

「不要鬧，爸媽在睡房裡。」

翼沒有理會，細吻她的後頸，突然聽到敲門聲。

婉琳正想回應，卻被翼掩住口，她瞪著大眼。

「什麼事？」

「睡了嗎？有糖水吃。」陳太太在門口。

「琳琳睡到跟豬一樣。」

「好的。」

婉琳抵著她的霸道丈夫，「你……真壞……」

翼在她耳邊說了另外三個字，她羞窘地搥他胸口。

他吻住她的唇，把這多年的思念灌注在她身上。

婉琳攝手攝腳去入浴室，梳洗後碰見陳太太，「琳琳，吃糖水嗎？」

「好的。」

陳老先生已經回房，婉琳坐下來跟陳太太閒聊。

「請不要見怪老陳這麼難相處，其實他接受不到由小到大疼愛的小女兒，變成男生，而且結婚了。」

「對不起……」婉琳抱歉。

「我們只是心痛他要承受手術的痛楚。」陳太太握住婉琳的手，「希望妳將來對他不離不棄。」

婉琳堅定地說，「我不會離開翼的。」

翼偷聽到她們的對話，他感動她的承諾，這句說話他聽一萬次也不會厭。

「謝謝妳。」

「但他離開過我一次。」婉琳傻乎乎地道。

陳太太一怔，「不怕，有我這位奶奶支持妳。誰是第三者？」

翼連忙下樓梯，「媽，是不是有糖水？」

不能開始這個話題，否則沒完沒了。

「做完運動後有點肚餓。」翼摸摸自己的肚皮。

婉琳撇了他一眼，翼裝作沒看見，「吃完我又可以做運動。」

婉琳聽到慌了，「奶奶，不要給他太多，他會睡不好。」

翼一臉囂張。

「不是睡不好，只是不想睡。」翼在喊。

大年初一，翼的哥哥陳逸倫帶著家人來拜年。

「哥哥，嫂嫂好！」婉琳先打招呼。

「回來就好。」逸倫安慰道。

大嫂海蘭只是微微點頭笑一下。

婉琳緊緊牽著翼的手,她要保護他。

其他親戚都過來拜年,婉琳幫忙斟茶遞水。

翼只是坐在飯廳玩手機。

逸倫跟妻兒坐在一旁,他開口問,「逗留多久?」

「年初五,香港開市也要趕快回去。」

「有沒有去哪裡?」

「沒有,只是陪爸媽去買菜,可能找一日帶 Cayenne 觀光吧。」

長輩們的話題環繞兒女的工作等等,陳老先生突然說,「我新抱煮的東坡肉,吃過後包你讚不絕口。」

「哪一位新抱?」

「在廚房煎年糕的那位。」

翼的大嫂聽到好不尷尬,連忙起身入廚房幫忙。

婉琳已經煎好糕點出來。

「翼在投資銀行工作時間長,我有空閒時間去學東學西。東坡肉是準備見侯主席而學的。」

「你們連侯主席都見過?」

「翼負責他的公司上市。」

親戚們紛紛招翼過來一起坐。

「老陳,你這個心肝寶貝真能幹!」

佩雲笑著搖頭。

「你這位新抱最能幹,入得廚房,出得廳堂。」

陳老先生聽著高興,讚道,「辛苦她了,年三十還幫忙大掃除。」

婉琳穿上櫻桃紅毛衣,配珍珠頸鏈,再盤起頭髮,高貴大方。

陳逸倫一家人在加拿大，生活簡樸，跟花花世界的翼有點不同，婉琳在他們眼中是拜金女。

婉琳突然想起派利是，急忙從房裡拿出來，到逸倫的兩個孩子，她半跪下來，送上兩部 iPad，「這是你舅父買給你們，新年快樂！」

小孩子非常高興，「謝謝姐姐！」

「你們謝謝舅父吧！」她指著翼。

他們有點害羞，「謝謝！」

婉琳笑說，「為什麼你總不受小孩子歡迎？」

翼一副沒所謂的樣子，拉著婉琳坐在他大腿上喁喁細語。

「妳想去哪裡觀光？」

「你大學吧。」

海蘭立即拿消毒紙巾抹 iPad，姐夫唯寧看不過眼，「我做醫生都沒有妳這麼乾淨，有些病菌一般人感染其實較高，妳明白嗎？」

海蘭尷尬得漲紅了臉。

逸倫打圓場，「她什麼時候也帶消毒紙巾，所以兩個小孩抵抗力較弱。」然後岔開話題，「翼，你帶 Cayenne 去 Richmond station，女孩子應該喜歡甜品。」

「哥，你也一起去嗎？」

「好！」逸倫忙道，「海蘭，妳留在家湊小孩吧。」

「我才不要跟媽媽在家。」大女兒道。

海蘭面有難色。

佩雲淡淡說，「爸媽幫我照顧一下寶寶，我們三姐弟聚聚。」

翼打電話，「我先訂八人位。」

年初三的晚上，逸倫一家到來，翼跟婉琳坐在長桌的另一端。

「姑媽，姑丈，舅父，舅母！」

婉琳愉快地笑，「很乖的孩子！」

點菜後，大家閒聊工作，逸倫在大學教書，提及學生抄功課的情況等。

「Cayenne，妳跟翼一樣在銀行工作嗎？」

「不是，我全職照顧他。」婉琳嘲諷翼。

翼笑笑，用甜蜜的眼神看她，「她做義工，幫助弱勢社群籌款，有時到社區派飯。」

唯寧問，「上次妳籌款八十萬，今年哪一個團體受惠？」

逸倫驚訝，「妳很厲害啊！」

婉琳忙道，「不是我一個人的功勞，Wayne 及他公司也幫了很多。」頓一頓再說，「我們要先了解實際情況及討論資源分配，所以還未選好哪個團體。」

「我們沒有小孩，沒有姐姐和大嫂這麼辛苦。」婉琳補充。

佩雲馬上道，「陳翼晨還不是妳的小孩，喝杯水也要妳做。」

「姐，妳妒忌吧！」翼一臉得戚。

「其實他出差我也是蠻開心的。」婉琳吐吐舌頭。

「五月要去台灣，我一定帶妳去。」翼對她賊笑。

婉琳不依呶呶嘴。

翼拿起她的手吻一下。

晚飯後，逸倫在車上跟海蘭說，「看到他們生活這樣愜意，我也替翼高興，找到一位善良的女孩子作伴侶。」

「嗯，我看到你弟弟一直牽著她的手，我們談戀愛時都沒有他們這樣甜蜜。」海蘭也認同他們這一對。

十多天的旅程結束，陳氏最不捨得竟然是婉琳。

「妳有空就過來探我們，翼不來也不要緊，當自己家好了。」

翼翻眼，佩雲笑得合不攏嘴。

「老爺，奶奶，你們有空也來香港吧，住我們家，我可以陪你們逛逛街。」

「好，好！」

「天氣寒冷，你們快些回家吧。」

少了一個女兒，最後還了一個給他們。

十九、神祕客人

到家後，婉琳跟翼的父母視像他們平安回家。

翼沒好氣去沐浴，婉琳先把一些衣物從行李拿出來，又打電話給媽媽報平安。

婉琳沐浴後攤在床上睡著。

「老婆！」翼在書房喊。

翼找不到人，原來她在睡覺。

他放下第一封給妻子的紅包。

過了一會，婉琳起床看到紅包，笑著上傳照片，「謝謝我的帥氣老公。」然後打了心形的符號。

「老公，出去午餐嗎？」婉琳換了連身裙。

翼點頭。

香格里拉的 Lobster bar & grill。

「我明天上你公司派利是，方便嗎？」

「怎會不方便？午餐前過來。」

婉琳微笑點頭，「這星期我較忙，我要陪瑩瑩準備他們的婚禮，如果他們來我們家，我會早點通知你。」

翼看著她，「妳有必要跟我客氣嘛？我是妳老公啊！」

婉琳撒嬌，「我只是有禮貌。」

翼不認同，用英語說，「我不會跟妳說，我現在可以跟妳愛愛嗎？」

侍應剛放下頭盤，婉琳向老公瞪眼，臉也紅了，「你真是的！」

翼感到莫名其妙。

婉琳不知好笑還是生氣，「你從來都不會問我。」

「Of course not, you are mine！」

婉琳無奈地認命嫁了一位霸道總裁。

翼打電話給童太太，「媽，今晚我跟婉琳過來吃飯。」

婉琳托著頭看她的老公，霸道但尊重她家人。

「待會去上環買些海味。」翼邊吃邊說。

晚上。

「老公，」婉琳軟聲問，「如果我去加拿大也不用問你嗎？」

「妳想都不用想。」

「為什麼呢？」

「妳必須要在我的視線或地區範圍之內。」

婉琳愕然，「這麼霸道嗎？」

翼懶得抬頭看她。

「如果我在 Ifc 跟男生喝咖啡呢？」

翼以迅雷不及掩耳的速度壓住他的單純老婆，封著她的嘴。

一輪熱吻後，「妳敢試，我可以好肯定妳會死，欲仙欲死。」

婉琳臉紅，「我說說笑而已。」

「為了要妳有深刻印象，我會好好警惕妳。」

翼吻著她的頸項，種下一個又一個吻痕，婉琳全身酥軟無力抵抗。

次日早上，婉琳還在睡，翼先出門上班。

當她起床梳洗，看到吻痕便驚叫，馬上短訊她的壞老公。

「你這個壞人！」

翼在開會，看到相片和短訊，忍著笑回覆，「看看哪個男性朋友肯跟妳喝咖啡。」

繼續聆聽同事們討論。

婉琳換上黑色連身冷裙，配上 Louis Vuitton 粉紅色冷頸巾。

到達翼的公司，前台已經站起來，「Mrs Chan，新年快樂！」

「新年快樂！」婉琳笑著派紅包。

老闆的太太一到場，同事們紛紛走到門口，婉琳怕打擾他們工作，讓前台安排在會議室等翼。

明韻開會後，看到會議室擠滿人，「什麼事？」

「老闆娘派紅包。」

「Cayenne？」明韻好奇。

翼也走進會議室，婉琳看到他作不好意思狀，「對不起，我怕打擾你們工作，所以麻煩前台同事……」

明韻看著生面孔同事，「你們是第幾層的同事？」

大家看到老闆，進退不是，婉琳急忙把紅包派發，各人說聲謝謝便離開。

還是明韻醒目。

婉琳從手袋裡拿了不一樣顏色的紅包派發，「明韻、德信、嘉茜……還有貝麗的兒子。」

「老闆娘，謝謝，新年快樂，身體健康！」

「我祝你們工作順利，萬事如意！」

各人臉色不太好，剛剛會議就是公司的業績。

翼沉聲道，「我們出去午飯。」牽著婉琳的手入電梯。

「他們不一起吃嗎？」

「他們吃不下。」

「哦？」婉琳不明，突然想起剛剛的事情，「我帶了一百封紅包過來，你的同事每人五百，同層的每人一百，不認識的同事二十元，對不起，不知道做成混亂。」

翼不志在這些數目。

他情不自禁在電梯裡親吻她，原來結婚派紅包的感覺是這樣美好。

「我下午跟瑩瑩看婚紗，你下班後打給我。」

吃過午飯，翼返回公司，近下午時分，他在開會途中收到短訊，「試穿伴娘裙，尷尬萬分！壞壞老公！」

翼忍不住笑了。

「老闆，怎麼了？」德信以爲他的方案出錯。

翼掩著嘴，忍著笑道，「沒有，對不起。」抱歉地道，「不好意思，我老婆剛跟我撒嬌，我忍不住笑了。」

明韻翻他白眼，「老闆，全世界不是只有你結了婚，不要這樣好嘛？」

「剩女不會明白的。」翼毫不留情地說。

明韻氣道。

「楊醫生還未表白嗎？」

德信聽到後挑起眉，明韻聳聳肩，「誰說他喜歡我？」

「也是，一般人都不會。」翼一付無興趣知道的樣子。

明韻白他一眼。

翼沒有理會，「我們的客戶是手機購物程式，B2C 購物網站，互聯網及人工智能，影視平台，旅遊網站，各人好好準備。」

黃維臣傳了短訊，「有空喝咖啡嗎？」

翼看到後，繼續會議。

下班後已經九時多，婉琳在酒吧等翼。

翼一來，她給已準備好的飯盒。

「謝謝。」翼親她一下,「瑩瑩呢?」

「已回家。」

「妳等我一下,我跟筠他們商量新店裝修。」

婉琳點頭。

看到丈夫疲倦的神色,她在想有什麼可以幫忙。

入夜後酒吧開始繁忙,婉琳幫忙收拾抹檯,抬頭時有位女士站在她面前。

「妳好!」婉琳看到對方一身媽媽的打扮。

對方有點靦腆,「不好意思,我一個人。」

婉琳環觀四周,座無虛席,甜笑道,「跟我一起坐。」

「喝什麼?」

「無酒精好了。」婦人微笑。

「剛下班嗎?」

「算是吧。」

「我叫 Cayenne。」婉琳跟翼一起差不多兩年了,也跟他學了交際的態度。

「我叫靖雯。」

女侍應過來,「老闆娘,Stanley 請妳待會過去。」

「好的。」

「妳是老闆娘?」

「我丈夫跟朋友一起經營。」她指著翼。

翼捲起衣袖,正在看新店的平面圖。

「妳丈夫好帥氣!」

「謝謝。」婉琳吐吐舌頭,「我從小就喜歡他了。」

靖雯疑惑,「這間不是……嗯,她是女生?」

婉琳笑道,「他是男生了。」

對方恍然大悟。

這時翼走過來,「等多我十分鐘。」吻一下她的額頭,然後對靖雯點頭。

「你們很恩愛。」靖雯有點慨嘆,「但兩個女生……一起,日子過得容易嗎?」

「我們跟一般情侶沒分別,都有吵架的時候,但兩個人一起,不就是互相學習和遷就嗎?」婉琳感慨,「相愛相知已經很難,哪有時間理會別人的指指點點。」

靖雯十分認同,兩人相處已經一大學問。

婉琳拉起靖她,「來,我幫妳打扮一下。」

她拉高對方的半截裙,帶上圍巾讓整個人看起來修長,而且幫她編頭髮,塗上睫毛液及唇彩。

「祝妳找到一位相愛相知的人。」婉琳帶她回座位,「下次見!」她跟女侍應說她買下這張單。

婉琳跟 Stanley 打招呼,「怎麼了,請我喝酒嗎?」

Stanley 介紹她給朋友們,婉琳發現其中一位是上市公司主席的千金張小敏。

「漂亮嗎?」Stanley 在婉琳耳邊說。

婉琳驚訝,「妳真花心!」

Stanley 作無辜狀,婉琳直說,「她很漂亮,但跟她一起,就不能再過低調的生活。」

Stanley 沒有想過這點,「Cayenne,謝謝妳。」

這時,翼跟筠已經走過來,「Zen,給我開支紅酒。」

婉琳抱歉，「下次才跟妳們喝酒，我要回家了。」站起來欠欠身，牽著翼的手。

「Wayne，你真是掃興！」Stanley 打趣。

「我怎知道妳是不是帶壞我老婆？」翼笑著回應，「下次見！」

他們駕車回家途中，翼問，「Stanley 找妳什麼事？令妳這麼驚訝。」

「他很花心。」

「哦。」單純的老婆。

「另外一位客人，第一次來，跟她閒聊。」婉琳看著翼，「老公，你知道嗎？我愛你多過你愛我。」

翼不屑地笑，下車後牽著她的手，「妳發夢吧。」然後不滿地說，「住公寓不好就是不能直接抱妳入屋。」

婉琳盯她丈夫，「你敢試試再搬屋。」

翼扮作恐慌，「不敢，不敢！See，我怕妳當然我愛妳多一點。」

婉琳沒理睬他，入屋後沐浴更衣。

臨睡前，婉琳才說，「老公，若果你不介意，不如讓我跟進新餐廳事宜？」

翼放下手機，「為什麼？」

「我不想你太辛苦。」

「妳不是在忙籌備瑩瑩的婚禮嗎？」翼沒有正面回應，「我下星期飛上海，回來後我去訂西裝。」

婉琳不想爭論，關燈睡覺。

翼擁著她，吻她，他完全投降於她的嬌柔。

婉琳拉回他的理智，「早點睡，晚安！」

次日早上，婉琳在廚房做早餐，翼拍下她的背後，「她說，她愛我多一點，但我不小心打破了她的鑄鐵鍋（我不知道這樣重！），will she say the same？」

婉琳坐下來跟翼吃早餐，「老公，你有看見我的鑄鐵鍋嗎？」

翼差點給咖啡嗆到，「妳愛我嗎？」

婉琳臉紅，「廢話。」

翼用情深的眼光看著她，「妳不夠愛我。」

「無聊。」婉琳有點羞澀，「我愛你。」

翼吻她的手，「今晚不用等我，我跟同事們要去律師事務所開會。」

出門前，他給她深深一吻，「我好肯定，我愛妳多一點，因為每次妳都很滿足。」

婉琳笑著推他出門。

她收拾杯碟後，坐下來正打電話給瑩瑩，看到翼的社交網站，才知道發生什麼事，她馬上留言，「你今晚睡在客廳好了！」

翼自知難逃老婆大人的責罵，留言道，「說好的愛我呢？」然後打了哭泣的表情符號。

明韻看到，也跟著留言，「應該罰跪榴槤。」

有人打給婉琳，「陳太太妳好，我是 Finex 的經理姓蔡的，陳先生已打了電話過來，請妳約個時間上來店舖選購產品。」

婉琳哭笑不得，「今天四時，可以嗎？」

看看手錶，連忙出門見瑩瑩。

瑩瑩看到婉琳，捉緊她的手，「我心情好緊張啊！」

「放鬆！我們今天只是來選花球。」

「還有什麼嗎？」

「蛋糕。婚禮在戶外，簡單的三層蛋糕，用花做裝飾好嗎？」

「好，聽妳的。」

「還有時間的話，我們可以去選購內衣。」

「爲什麼？」

「聽別人說，要穿紅的，旺夫啊。」婉琳再想想，「祖已選好西裝嗎？」

「選好了。他比我有效率，也負責派喜帖。」

「眞羨慕妳有位好老公。」

「Wayne 怎麼了？」瑩瑩疑惑。

「他很好，只是妳的是暖男，我的是高冷。」婉琳撇嘴，「不過人無
完美。」

跟花藝師商量後，她們去廚具專門店，然後到內衣店之後，祖意跟她
們一起晚飯。

「琳琳，我們請妳吃飯，謝謝妳的幫忙。」

「不用客氣！新店怎樣了？」

「開始進行裝修。」

「有什麼需要幫忙嗎？」婉琳直說，「我見翼工作很辛苦，我想幫他
一下。」

祖意遲疑，「妳也知道 Wayne 的性格，我不敢拿主意。」

「好的。」婉琳苦笑。

晚上十一時多，翼才回來，卻看見婉琳還未睡。

「怎麼了？不是叫妳先睡嗎？」

婉琳起來幫翼拿西裝外套，「差不多睡了，你吃過嗎？。」

「嗯。」

翼沐浴後，看到婉琳在等他。

「妳是小孩嗎？」

婉琳沒作聲，擁著他便睡了。

二十、爭風呷醋

翼出差，婉琳沒事做逛街，看到一隻 Hello Kitty 毛公仔，滿心歡喜地買下來時，遇到子揚。

「Cayenne！」

「你有空嗎？一起吃飯？」婉琳笑問。

子揚幫她拿著，到附近吃拉麵。

「一個大男人不要拿毛公仔吧。」

子揚內心狂喜但只是笑著搖頭。

他帶她到相熟朋友開的拉麵館，坐在最角落裡。

「你今年會繼續支持籃球比賽嗎？」

「當然！」

「真好。」婉琳微笑，「你喜歡喝咖啡嗎？」

子揚猛點頭。

「不如一起學沖咖啡？」

婉琳看到他終日無所事事，不如學一門手藝，或發掘新興趣。

「好啊。」

翼在上海跟新客戶談上市程序，臨睡前才想起婉琳。

他看看手機，沒有訊息，她就是怕打擾他的工作，造成壓力。

「工作完畢，晚安。」

竟然沒有回覆。

婉琳早上起來才看到訊息，「早晨，老公，祝你工作順利。Miss you。」
她吃過早餐便去手沖咖啡班。

子揚很受女生歡迎，但他卻無意這些只看上他背景的人。他只顧著拍
婉琳沖咖啡的樣子。

他從她的身上看到活力，認真，他父母從來都沒有這種生命力，不是
買東買西，就是飛來飛去。

沒有人明白他喜歡她的原因。

「Ray，我幫你拍照。」婉琳笑笑。

下課後，他們到咖啡店吃午餐，碰見嘉駿排隊買外賣。

「嘉駿，一起坐嗎？」婉琳互相介紹。

他很喜歡婉琳編頭髮的樣子。

「我跟 Ray 在附近學沖咖啡。」婉琳笑著說，「有機會你試試我手藝。」

「好啊。」

「你今年也會組隊參加籃球比賽啊？」

「當然，不過未有時間跟義工商量資助哪個團體。」

「我也會幫忙，放心。」婉琳的語氣像兄弟般對他。

子揚也說，「我可以幫忙！」

婉琳卻用對待小弟弟的語氣跟他說，「這麼多女生圍著你，你叫她們
落力打氣好了。」

子揚漲紅了臉，「哪有？我不喜歡她們。」

嘉駿突然拿出手機自拍，上傳社交網站，「為籃球比賽加油！」

他有看過上次的新聞，所以先拍下這張照片來保護她。

他也察覺到子揚對她的感情，無可否認，婉琳有她的魅力，但她已婚，
就不該有其他的想法。

「妳丈夫待會接妳嗎？」

「他們在上海，Ivana 沒有跟你說嗎？」

「她為什麼要跟我說？」

婉琳白他一眼，「拜託你積極一點。」

嘉駿愕然，她誤會了，將錯就錯吧。

唯有笑說，「我去工作了，遲些見！」

婉琳揮揮手。

明韻看到嘉駿的照片，想了一會，還是不要給老闆看好了。

反而婉琳上傳了三人合照上網，她根本不當一回事。

還寫上，「多謝兄弟組籃球隊。」

翼看到相片，沒有特別表情繼續工作。

子揚送婉琳回家，「謝謝你今天陪我一整天。」

「我也玩得很高興。」

「第二堂見！」

司機送子揚回家，「不要跟我父母打小報告。」

他在看剛剛拍的照片，她沖咖啡的樣子，她吃蛋糕的樣子，不自覺地換上手機桌面。

突然有個念頭，她喜歡怎樣的人？他對翼毫不熟悉。

子揚頓時搖頭。

上完課程後，子揚若有所失，怎樣去維持這種關係呢？

「Cayenne，妳認為開一間咖啡店，如何？」

婉琳嚇著，「嘩，我們只是新手，你懂得怎經營嗎？」

子揚低下頭。

「或者我們上短期課程，學習經營小生意？」婉琳想鼓勵他。

子揚興奮地點頭。

文氏家族聚會，子揚跟他爺爺聊天，提及他正讀書，打算將來開一間精品咖啡店。

文老爺很滿意，「何時帶女朋友回來？」

「暫時不想談戀愛。」

「嗯，很好，好好學習吧。」

他的子女跟孫兒只顧吃喝玩樂，總算有一位嘗試體驗生活。

因為航班延誤，翼回家時也深夜了。

他看到廚房中島有電腦，原來她正在讀經營咖啡店的課程。

婉琳沒有等他，她擁著毛公仔睡覺。

翼擁著她，「老婆，我回來了。」

「嗯，早點睡，晚安。」婉琳迷糊地回應。

這麼大膽？不是說過要擁著他才能睡嗎？

早上醒來，婉琳煎奄列，「老公，你還要出差嗎？」

「暫時不用。」翼扮作不經意地問，「誰送妳 hello kitty？」

「你啊，Sanrio 的交易就是了，我用你的附屬卡你不知道嗎？」

「我一向不查帳。」

婉琳對他甜笑。

「今晚要等你回來吃飯嗎？」

「好啊。」

翼的電話響起來，「黃老闆，好嗎？」

對方笑稱，「怎麼找不到你？」

「不好意思，忙著開餐廳事宜。」

「是嗎？」黃維臣不打算轉彎抹角，「Wayne，有興趣過來幫忙嗎？我剛簽下兩間影視平台項目，分身不暇。」

「黃老闆，謝謝你的賞識，可是我的同事跟我一起工作這麼久，我也不捨得呢。」

「你們投資部跟我們公司比較⋯⋯」

「我明白，但我會努力的，謝謝你！」

「好，再聯絡。」

翼看到一旁的功課，「妳打算開咖啡店嗎？」

婉琳微笑，「不是啦，前陣子我學習手沖咖啡，Ray 說他有興趣開咖啡店，我覺得風險太大，所以一起讀短期課程，先了解一下。」

她遞上咖啡，甜笑道，「老公，試試。」

翼看著她，不讓她工作，她就找工作來做。

「我是在鼓勵他，這麼年青，終日吃喝玩樂有意思嘛。」

「爲什麼買這麼大的毛公仔？」

婉琳皺眉，「又是你說我像小孩，我有 hello kitty 就不用你了。」

翼瞪大眼，What？！

他連忙給祖意短訊，「你把新餐廳要用的器皿交給琳琳去採購，她太閒了！」

祖意收到短訊，「兩夫妻又在搞什麼？」

瑩瑩笑道，「那個 Ray 追著 Cayenne，只是她傻傻不知道。」

翼問婉琳，「今晚要上課嗎？」

「不用，你回來，你是 no.1 priority。下午我去買菜及做功課。」

翼心裡高興，「我想吃海鮮。」

「好的。」婉琳托著頭看他，「咖啡怎樣？」

「好喝，謝謝妳。」其實心想怎樣迫走 Hello kitty。

婉琳嘻嘻笑。

翼在公司忙了一整天，六時多打電話給妻子，「老婆，我現在回來。」

「Ivana，妳負責跟會計師，律師聯絡關於網購公司上市。Issac，Jess，你們跟進互聯網技術公司的評估，我們已失去兩個影視平台項目，所以要加把勁。」

德信，嘉茜聽到後馬上處理，明韻卻說，「老闆，我已跟評估師他們聯絡，明天再向你報告。」

「醒目！」翼讚道，然後向貝麗說，「不好意思，幫他們點晚餐。」

明韻嚷道，「我要吃壽司！」

翼笑答，「隨妳！反正我回家吃住家飯。」

明韻叫其他同事不要客氣地下單，反正是她的壞老闆留她加班，害她沒有男朋友。

楊嘉駿是俊朗，但大家的工作性質如此忙碌，還是不要想太多好了。

翼趕快回家對付 Hello kitty。

一回家，翼已聞到龍蝦的香味。

「老公，你開快車嗎？」

「搬屋就是爲了早回家吃飯。」

婉琳笑笑。

「煮什麼？」

「龍蝦湯，紅蝦意粉，甜品是 lemon sorbet。」

「非常期待！」

開動前，翼拍下照片，「十多天沒回家。美人、美食、美酒！」

「老公，我在穿 lounge wear。」婉琳不依。

他沒在理會。

「今天祖意打電話給我，問我可否幫忙居酒屋的餐具採購，我可以嗎？」

「妳不怕辛苦，我沒所謂。」

「好的！」婉琳高興。

晚飯後，他們坐下來看電視。

翼在回覆短訊，婉琳倚在他身上。

「看什麼？」

「亞洲美食。」

翼拿著咖啡起來，打電話給德信，「順利嗎？」

然後走上睡房。

婉琳關電視上睡房，翼在翻文件，然後她看到 Hello Kitty 身上有咖啡漬。

「嗄？搞什麼啊？」她質問丈夫。

翼裝傻，「什麼？什麼？」

「你看看！」婉琳煩躁。

「噢！怎麼辦？妳今晚怎睡覺？」一付可憐她的樣子。

婉琳瞪眼，原來他呷醋！

「堂堂一位總裁，竟然敢做不敢認。」婉琳拿著毛公仔到樓下，明天拿去乾洗。

回到房間，翼已打開雙臂，「很睏啊，快來睡覺！」緊緊擁抱著妻子睡覺。

第二天，翼一出門，婉琳拍照上傳，「有人爭風呷醋，竟然餵她喝咖啡！」

翼在笑，但晚上回到睡房卻笑不出來。

婉琳竟然換上粉紅色的床單加上乾洗後的毛公仔。

「老公，我睡了。」婉琳穿上粉紅色睡衣。

「老婆，可否換了這床單？」翼為難，知道她是故意的。

「什麼？什麼？」

「老婆……」

婉琳沒有理會。

「老婆，明天我不用上班。」

「蛤？」

他抱起她到書房，婉琳大叫踢腿，「不是這樣！」

「妳是自找的。」

翼放她在貴妃椅上纏綿。

二十一、好友婚禮

祖與瑩的婚禮前夕，婉琳在點算準備物件，她心裡總覺得要帶茶具。
香港未承認他們是合法夫妻，所以擺酒後，他們跟隨翼到台灣公幹，
順道拍婚紗照和註冊。

婉琳幫瑩瑩上頭，「祝你們百頭到老，永結同心。」

瑩瑩握住她的手。

一個陽光明媚的日子。

祖意在等待他的新娘入場，翼在旁拿著戒指準備。

「有請新娘子進場。」奏出婚禮進行曲。

瑩瑩拿著花球進場，婉琳及另一伴娘也拿著小花球在後跟著。

「好美麗的新娘。」

祖意忍著內心的激動，終於到他成家了。

翼看到婉琳穿上鼠尾綠的雪紡長裙，配上簡單兩行絲帶的髮型，她笑
意盈盈走進場內，如果要再次戀愛的話，他也只會愛她一個。

主持人道，「請雙方宣讀誓詞。」

「我王祖意，願意娶妳簡瑩瑩為妻子，終生愛護妳一輩子。」

「我簡瑩瑩，願意嫁你王祖意為丈夫，終生敬愛你一輩子。」

「請雙方交換戒指。」

婉琳替他們高興，忍不住眼淚流凝睫。

「禮成。新郎可以親吻新娘。」

眾人站起來鼓掌。

祖意邀請翼上台致詞。

帥氣的翼拿著米高峰上台,「祖與瑩,祝你們百頭到老,永結同心。」頓一頓,「祖說,終生愛護一輩子,其實怎樣做到呢?剛剛我見到我太太跟著一起進場,我就明白,無論有幾多次 falling in love 的機會,你只會為一個人而傾心,能夠終生愛護一輩子。身為你們的好朋友,祖,你的專情,我相信瑩交託給你,定能相愛到永遠。我祝福你們!」

翼高舉香檳,「婚宴正式開始!」

他走下台,牽著婉琳的手,低頭親吻她。

「老公好帥啊!」婉琳讚她的丈夫。

翼微笑,牽著她跟朋友們打招呼。

婉琳看到熟悉的臉,「靖雯?」

這時瑩瑩也走過來,驚訝道,「媽媽!」

婉琳即時反應過來,「我準備敬茶用品。」

靖雯微笑道,「不用跪著。」

瑩瑩心情非常激動,婉琳連忙安慰,「不要哭花漂亮的妝容。」

「媽媽,請飲茶。」瑩瑩遞上茶杯,靖雯接過後,到祖意遞上,「外母,請飲茶。」靖雯呷口茶,送上一對手錶給新人,「長長久久,幸福快樂!」

兩母女相擁。

靖雯上前握著婉琳的手,「我也祝妳和妳丈夫永遠幸福快樂!」

婉琳受寵若驚,「謝謝!」

中午婚宴結束後,各人上酒店房休息,翼訂了餐廳跟他們晚上慶祝。

「今天真的很高興!」婉琳攤在床上。

翼笑笑，偷些時間來工作。

婉琳站起來，幫丈夫鬆鬆肩，翼不客氣地把頭枕在她胸脯上。

「你不要趁機吃豆腐。」

「沒有啊！」想起第一次她幫他按摩，「老婆的身材好像豐滿了。」

婉琳不依輕拍他，然後準備沐浴。

翼打電話給明韻，「重組架構資料準備好了？」

接近黃昏，瑩瑩跟祖意換上晚禮服，牽著手到場內。

一推門，賓客們向他們放花炮。

「嘩！」原來是驚喜派對！

翼在台上笑說，「王先生，王太太，這是我們準備結婚派對，enjoy tonight！Let's party！」

樂隊演奏 Elvis Presley 的《can't help falling in love》

祖意跟瑩先起舞，然後翼牽著婉琳的手，走進舞池。

婉琳換過黑色 Valentino 的裙，盤了頭髮。

「妳今晚很漂亮！」翼情深地看著對方。

「謝謝。」婉琳欣然接受讚美。

「*Take my hand, take my whole life too.*

But I can't tell falling in love with you.」

婉琳微笑，輕輕把頭倚在他身上，「永遠愛你。」

筠在旁幫他們拍照。

他把相片上傳，「好友結婚了！」

其中一張是婉琳拭淚的照片，子揚看了馬上讚好。

另一張是眾人在跳舞，「風頭好像被 Wayne 這傢伙搶了。」打了啼笑皆非的表情符號。

婉琳看到筠在拍照，她主動邀他跳舞。

「我這麼幸運能跟風頭人物跳舞。」

筠笑一下。

祖意在香港升讀大學，跟其他中學同學還有聯繫，其中叫周嘉慧一同出席婚宴，她也是當年受歡迎學長之一。

她走過去跟翼閒聊，「Wayne，好久不見！」

「Skyler，好嘛？」翼想不到是她。

「你們兩兄弟娶了學校最甜美的兩個，厲害！」

翼皺眉她的用詞，周嘉慧喝多了兩杯，「童婉琳活潑可愛，笑容甜美。」

婉琳看到他們交談，也走過來，「周嘉慧？妳好嘛？」

周輕挑地道，「好啊。」她用手指逗婉琳的下顎，「妳呢？有想我嗎？」

翼快忍不住了，婉琳尷尬，乾笑兩聲。

對方再想說，其他舊同學叫著她。

筠看到婉琳的臉色，「怎麼了？」

翼用眼神示意，「那個在我面前調戲琳琳，她真的以為我不敢動手。」

婉琳勸道，「她只是說笑。好了，我們回房吧。」

筠也勸他，「跟祖他們說聲，早點回去休息，我會打點一切。」

翼沉著臉，他最不喜歡這類仗著自己是同性身分而出言調戲的人。

婉琳挽著他的手臂，跟祖與瑩瑩說聲晚安。

瑩瑩擁抱婉琳跟翼，「謝謝妳跟 Wayne 給我們一個難忘的婚禮。」

「我們是好朋友，不要客氣。」

梳洗後，翼坐在床上回覆短訊，嘴裡發出不耐煩的聲音。

婉琳給他一杯有氣蒸餾水，掃走他的悶氣。

她伏在他的胸膛，輕撫他，翼圈著她，「玩火嗎？」

「你是我的。」

翼失笑，「我的心一直在妳身上。」

「全部。」

「傻瓜。」翼低頭吻她，「這個星期我很忙，不用等我回來。下個月是我們結婚週年，但我要去台灣，妳跟我一起好嗎？」

婉琳點頭，然後擁著他睡覺。

次日翼先上班，婉琳留在酒店收拾手提行李。

回家後，她換衣服便出門上課，下午回來準備晚餐。

翼跟各行在忙招股章程，接近黃昏，貝麗把晚餐送進會議室。

「謝謝。」翼微笑道。

「Cayenne 做的。」

明韻看到是海鮮湯飯，每人一盅，「Cayenne 這麼貼心！」

貝麗笑說，「還有零食。」

各人領飯盒，翼出去洗把臉。

他在員工休息室聽到同事們的對話。

「你是新人？上司是誰？」

「你好！我是見習生和也，大老闆是 Wayne Chan。」

「前途一片光明，你大老闆升職跟直昇機一樣快。」

「是嗎？」和也聽到高興。

「他太太又懂得人情世故，很多同事也喜歡她。」

「還未見過她呢！」甚覺可惜。

在投行生存，除了自身的實力，上司的喜愛，還有同輩的認同，才可以平步青雲。

翼回到會議室，德信大讚湯飯，「老闆娘的手藝真的無得彈！」

明韻自豪地說，「當然啦！不過明晚她沒空了。」

德信好奇，「妳又知？」

「嘻嘻！」

翼不知道婉琳明晚做什麼，但沒理由問自己下屬。剛剛心裡還嫌她做得太多，原來不是每天都有這幸福便當。

回到家時，已經凌晨半夜。

看到她一臉純真地熟睡，忍不住低頭吻他的寶貝。

但她嫌棄地抹一下臉翻轉身繼續睡。

這麼大膽？

早上時分，婉琳已換好衣服準備出門。

「老公，早餐在焗爐裡。第一批碗碟已到，我去確認及簽收一下。」婉琳匆忙地拿起手袋，吻一下丈夫便出門。

翼一臉懵懂，他的老婆比他還忙嗎？

他拿著外賣咖啡回公司。

貝麗何其眼利，老闆很久沒買過外賣咖啡，她馬上打醒十二分精神工作。

翼一向不帶個人情緒回公司，只是一貫的沉默，聆聽及提供適當的意見。

工作至八時多，他打電話給婉琳，「妳在哪？」

「上完堂跟 Ray 去吃拉麵。」

又是他。

翼輕輕皺眉，收線後便回家。

婉琳回家後，看到翼在看電視，「老公，我回來了！你不是要加班嗎？吃過了沒有？」

翼沒有看她，「未。」

她愕然，「蛤？」她馬上煮麵給他。

翼才留意到她今天穿西裝外套襯牛仔褲。

「我先去洗澡。」

婉琳沐浴後，已看到翼坐在床上，感覺他怪怪的。

「老公，怎麼了？」

「這麼晚才回來。」

「最後一堂了，跟同學們一起吃飯。」婉琳幫翼按摩肩頸，「我沒有你這麼能幹，同時處理幾件事情，我現在要專心跟進餐廳的開張事宜。」

翼不喜歡她拿自己來比較，他轉換話題，用撒嬌的語氣道，「今早沒有妳在家，我連咖啡都沒有喝就上班了。」

「對不起，我怕太早弄咖啡會冷掉。」

「妳要好好補償我啊。」

「蛤？」

翼扶著她的後頸吻著，撫摸她的頭髮，她的身體。

婉琳按著他的手，撅嘴道，「早點睡，明天我煮咖啡給你。」

然後緊緊擁著對方睡覺。

二十二、結婚週年

翼跟婉琳在機場辦理登機證後在貴賓室吃早餐。

他們比祖意早一日到達台灣。

「我待會直接去公司，妳要一起去嗎？」

「不了，我去逛逛金石堂書店。」

翼點頭。

台灣投行部新主管升任，他將會直接向翼報告，所以他飛過去了解一下。

兩人在 W hotel 住下來。

翼換上西裝，正在整理領帶，婉琳則穿上連身裙，編了兩條辮子，一副少女的模樣。

「拐帶少女上酒店的感覺。」翼說笑。

婉琳整理他的領帶，「是老夫少妻。」說完忍不住笑。

翼低頭吻她，「今晚要慢慢品嚐嫩妻。」

婉琳臉紅搥他一下。

翼叫司機先送婉琳去金石堂，然後才到 101 大樓。

很久沒有逛台北了，曾經帶過旅行團過來，想不到現在是遊客的身分，真正欣賞有特色的城市。

原本打算訂高級餐廳慶祝，但婉琳卻只想跟他逛夜市。

翼換上休閒服，品嚐街邊小吃，他圈著婉琳的頸項，邊走邊喝珍珠奶茶。

好像很久沒有這樣跟伴侶親密分享食物，感覺甜蜜。

「老公，冷麵好像不錯，不如買一碗兩人分？」

「好。」脫下西裝的翼，一身輕鬆自在，還是伴侶的相處令他舒心。

小小的一碗麵，一人一口，吃得快樂。

兩人買了烘焙蛋糕作消夜，但酒店已準備香檳和蛋糕慶祝他們的結婚週年紀念。

他們梳洗後，坐下來喝香檳交換禮物。

翼訂了 Pineider 文具送到香港，婉琳看到相片，非常歡喜，「謝謝老公！」

想不到他有這樣的心思，她送上 Mont Blanc 的筆記簿作紙婚紀念禮物。

「一週年快樂！」

翼托起婉琳的臉，深愛地吻著她，這一年他過得很甜蜜。

從前的他毫不在意別人，現在慢慢學會顧及對方的感受。

他深深感到被愛的幸福，與此同時，一向冷靜的他，突然有不同的情緒，占有慾，妒忌心，有時也不懂應對。

但他非常享受二人相處的時間。

婉琳亦毫無保留讓對方體會她的感受，他們心靈的連接。

早晨時分，婉琳陪翼到樓下吃早餐。

「祖他們幾點到？」

「應該兩點。」

「妳中午上來公司，我跟妳去吃飯。」

婉琳微笑點頭。

翼上班後，婉琳逛街，運動，差不多時間就準備換衣服。

本來想穿蕾絲裙，後來怕不夠莊重，穿了深藍色 Louis Vuitton 的連身裙配 Jimmy choo 的鞋跟小手袋。

到達辦公室。

「妳好，我是 Wayne Chan 的太太 Cayenne……」

前台馬上走出來鞠躬，「總裁夫人。」

婉琳頓時退後一步，什麼總裁夫人？偶像劇嗎？

剛巧翼從辦公室出來，看到婉琳被嚇倒的樣子，以為發生什麼事。

婉琳很客氣地回應，「妳叫我陳太太好了。」

翼用國語跟新上任台灣區聶姓總裁介紹婉琳，「我內子，Cayenne。」

婉琳伸手，「你好！」

其他同事也走出來跟婉琳握手。

翼提議到本地餐廳，一行人到點水樓午膳。

「陳總，試試小籠包。」

翼微笑，先夾給婉琳。

大老闆正經八百吃飯，同事們也挺直身子來吃。

雖然大老闆如此俊朗，但感覺是冷冰冰的，大家吃得甚不自在。

婉琳打開話題，「昨天我們逛夜市，吃到差不多動不起來，見到青瓜麵，忍不住又吃。」

「饒河街夜市嘛？」

「是啊，我們只好兩人分享一份。」說完，望向翼笑一下。

翼只是眼神寵溺地看著她。

同事們看到大老闆的目光轉為溫柔，無不訝異。

「有什麼刨冰好介紹？」

其中一位正想開口，翼已插嘴，「妳可以吃這麼多冰品嗎？」

婉琳撅起嘴，「那我去蜂大喝咖啡吃蛋糕。」

聶先生介紹，「不如試試點水樓的桂花拉糕。」

「好啊。」

翼站起來，欠欠身，「不好意思，出去接電話。」

婉琳看到同事們表情頓時放鬆下來，忍不住笑道，「辛苦你們了！」

「沒有，沒有，在投行工作是一種榮幸。」

他們會錯意，婉琳只好順應，「就算加班，你們要注意身體，有空多做運動。」

午飯後，婉琳輕輕吻丈夫的臉說再見，然後溜到微風廣場逛街。

同事們回到公司，議論紛紛。

「大老闆酷帥，但對太太好溫柔啊。」

「他們很恩愛啊。」

「大老闆的太太很體貼啊。」

祖意跟瑩瑩下機後，便急不及待前往結婚登記處。

「恭喜兩位！」

祖意緊緊擁抱瑩瑩，「我們終於可以一起了！」

心裡踏實許多了，一場婚宴不及一紙婚書。

他們邀請陳氏夫婦吃飯慶祝。

翼下班後，跟婉琳換上便服，到一棟兩層高的舊樓吃飯。

婉琳舉杯祝賀祖與瑩，「恭喜！」

「多謝！還好瑩瑩是台灣人，這樣飛過來註冊便可以了。」祖意一臉高興。

「瑩瑩，待會妳帶我們吃刨冰。」婉琳心死不息。

翼摟著她，「我的說話妳不聽了？」

婉琳嘻嘻笑，「我都吃了你這麼久，都不差這一次。」

翼露出不解的表情。

祖與瑩忍不住大笑，「冰塊翼。」

翼用力地吻她的臉，」是嗎？」他在好友面前學會放鬆自己。

「但妳是我的太陽。」翼在她耳邊說。

「他不是冰塊，他是 Olaf。」婉琳笑他。

翼沒好氣地對著三人。

祖意羨慕翼的幸福生活，因此不再等待家人的認同，向瑩瑩求婚。富責任感的他，簽下婚書，有一種心安的感覺，平時少喝酒的他，也喝多了兩杯。

兩位男士喝得微醺，擁著自己的妻子開始胡說八道。

「祖，你不要喝了，待會還要洞房。」

婉琳瞪眼，「老公！」

「我沒有你這麼好體力。」祖意搖頭，「怎可能每星期……」瑩瑩連忙掩著他的嘴，「老公！」

翼笑說，「我老婆……她……」突然他感覺一陣頭暈。

婉琳覺得不對勁，扶著丈夫，大叫，「地震！」

大廈在搖動，翼與祖嚇一跳，清醒過來拉著她們躲到餐桌下。

聽到滿地的玻璃碎片聲，天花上的石灰剝落，婉琳擔心究竟能否安全離開。

她突然想起求生手冊，「老公，我去開門，否則塌下來，連逃生的機會也沒有。」

翼還未反應過來，看著婉琳衝去門口，她打開門後，說時遲那時快，樓上的天花塌下來，直到地下。

翼嚇呆了，瑩瑩尖叫一聲，把他的魂魄拉回來，他連滾帶爬地跪了過去，力竭聲嘶地叫著，「老婆！老婆！」

嚇得慌了，他想跳下去找她，祖意從後扯著他，「翼！危險！」

翼急得發瘋，一邊說，一邊流淚，「她在下面！怎麼辦？」

祖意死命地拉扯著翼，「翼，不要！」

翼絕望地叫著，「老婆！老婆！」

瑩瑩已經哭成淚人。

「老公……」

翼彷彿聽到婉琳的聲音。

「老公……我在這裡……」婉琳被瓦礫砸倒在門後。

翼露出驚喜的表情，「老婆！老婆！妳怎麼了？」

「我給碎片擦傷，躺在門後……」

餐廳老闆已聯絡救護隊，等了半小時後，翼終於跟婉琳重逢，一剎那的生離死別，令到翼膽戰心驚。

他緊緊擁著婉琳，「老婆！」

救護車馬上送他們四人到醫院。

翼非常緊張，吩咐醫生反覆檢查婉琳的傷勢。

「陳太太手臂，腿部擦傷，已經包紮好了，休息兩天就會康復。」

婉琳牽著他的手，「老公，我有點累，我想回酒店休息。」

翼扶著她離開醫院。

婉琳梳洗後休息，翼在浴室洗臉，發覺自己雙手還在抖震。

祖意傳了短訊給他們問候，瑩瑩也嚇壞了，不斷夢囈。

大老闆唐敏力看到新聞，吩咐翼請假休息。

翼梳洗後，便緊緊擁著婉琳，他睡不著，雙手又不自覺抖震。

二十三、妳是我心

回港後，婉琳察覺丈夫的不對勁，翼經常失眠，就算睡著也半夜醒來，
緊緊地擁著她透不過氣來。大老闆也體諒，先讓他在家工作。

早晨起來，婉琳弄早餐，翼坐在中島工作，她遞上咖啡，翼接過後立
即放下，手在微震。

婉琳圈著他的頸項，深深地吻他的臉。

「老婆……」翼來不及叫她。

婉琳看著電腦，原來他們正在開視像會議。

「對不起……」婉琳紅著臉道歉，連眼睛也不敢看螢幕。

所有同事，律師，會計師等看到，果然有名的恩愛夫婦。

婉琳躲到電腦背後，不依地跺腳。

翼難得微笑，他的手停止抖震。

晚餐終於有些胃口，飯後有點發呆坐在梳化上。

婉琳給翼一杯蜜糖水，「老公，可以告訴我發生什麼事嗎？」

翼裝作不明白，「什麼事？」

「你一直睡不好，半夜還驚醒過來。」

「只是工作壓力大。」翼眼神浮游。

婉琳擁抱他，「我是你的老婆，我們之間應該沒有祕密。」

「就是因為妳是我老婆，所以……」

「所以什麼？」

「所以我害怕失去妳呀！」翼又想起地震情況，語氣帶點激動。

「我現在不是好好的坐在這裡。」

「妳爲什麼要衝出去？」

婉琳溫柔地說，「老公，我愛你，所以我們要活下來。」

「但……但妳有什麼事，妳叫我一個人怎活下去？」翼忍不住哭了，「愛我並不是這樣的。」

婉琳跪下來，面對他，「我們是一體，你也一直用身子護著我，不是嗎？老公，我的心是你的。我們現在沒事了，可以好好珍惜一起的時間嗎？」

翼伏在她身上痛快地哭一場，抑鬱的感覺釋放了。他擁吻她，然後抱起她上睡房。

他熱吻著婉琳，吻到她透不過氣來，「老公……」

經歷一夜的纏綿，翼的心情平復，他應該把時間留在心愛的人，不是獨自惶恐，而是一起面對。

他終於睡得安穩了。

早上醒來，翼感到精力充沛，看到床單上的痕跡，人兒的身上吻痕，昨晚眞的夠激情。

翼拿著外賣咖啡，卻神采飛揚回到公司，同事們知道他「回來了」。

「老闆，怎麼買外賣咖啡？」明韻試探道。

翼微笑，「Cayenne 早上有點累，讓她睡多一會吧。」

「老闆眞好色……」明韻低聲道。

翼給咖啡嗆到，「Ivana！」

婉琳睡到十時多，拖著疲倦的身體走入浴室，看到滿身也是吻痕，無奈地笑。

換上連身裙，盤了髮髻，便去新餐廳跟進裝修。

筠也在新餐廳，正在上傳相片到社交網站。

他跟翼一樣，別人越是好奇他們的生活，翼就越大方展示，而他就越刻意高調。

筠的新女朋友是護士，爽朗愛笑，為了不影響她的工作，只放了一張她吻他的側面照。

他從小熱愛運動，除了籃球，經常代表學校短跑比賽，雖然個子不高，不及翼與祖的光芒，但也有喜歡自己的學妹。

「祖，你待會過來嗎？」筠看不明帳目，他打電話給祖意。

「中午前到，我怕家傭搬運傢俬時弄花地板。」

筠成績不好，如果不是翼給他一份酒保工作，他不知做什麼才好。

後來他討厭別人看不起，參加了酒保比賽，得了第三名，自創招牌雞尾酒亦大受歡迎。

筠要證明別人可以做的，他也可以做，但同時性格也讓他陷於不安，每次交往不長久，他認為跨性別，一樣跟普通人可以有選擇權。

婉琳買了三杯外賣咖啡過來，「筠！」

筠摸她的頭一下，「這麼乖？」

婉琳咄一聲，這時祖意也到來，他看到冰櫃比桌椅遲來，急得跳起來，立刻打電話到廠商。

「果然是我們的營運經理。」婉琳吐吐舌頭。

「不要看他平時說話斯文，一亂了他的計劃，他會馬上著火。」筠笑說。

祖意回來，看著婉琳笑說，「穿得這麼漂亮就不要進來工地。」

「待會上翼的公司，所以才穿成這樣，但又想過來幫忙打點。」婉琳遞咖啡給他。

「廚房用的要安排最後才送來。」

「是的。」

祖意再看看怎樣安排冰櫃運送。

「筠，你泡妞這麼在行，爲什麼不泡會計師？」婉琳取笑道。

「可以考慮一下。」筠摸摸下巴。

祖意聽到後搖頭，「他才剛交了新女朋友。」

婉琳皺眉，「你泡妞多過我泡茶。」

祖意大笑。

筠沒有理會，「祖，快些教我看帳目。」

婉琳也跟著學習，差不多中午便離開餐廳。

她到達公司，前台已經走出來，「陳太太！」

婉琳微笑，實習生和也剛巧經過，還以爲她來見工，沒有留意她。

她坐在梳化等丈夫，差不多半小時，翼跟同事們從會議室出來。

和也低聲問德信，「她是來見工嗎？坐了很久啊。」

明韻跟他說，「不如你去問她見什麼工？」

德信忍著笑，和也眞的走去問婉琳，「妳是來見工嗎？」

婉琳一愣，然後微笑，「庶務二課。」

「什麼？」和也愕然，但全場爆笑。

翼用不太嚴厲地語氣責備明韻跟婉琳，「妳們兩個！」

婉琳正式道，「你好，我叫 Cayenne，Wayne Chan 的私人助理。」

和也不太明白，德信幫口，「Mrs Chan。」

然後他才醒覺，震驚道，「老闆娘！」

「叫我 Cayenne 或者陳太太都可以。」

「我沒想過老闆娘是這麼年青！」他差不多九十度鞠躬。

婉琳揮揮手，「是讚美嗎？」

翼扶著妻子的腰，跟各人說再見，「我跟私人助理吃飯！」

電梯門正關上，和也看到翼低頭吻自己的妻子。

「老夫少妻了。」翼看著婉琳。

「會嗎？昨晚還不是有氣有力。」婉琳在他耳邊說。

翼輕笑，平時羞答答的老婆究竟被誰教壞？

婉琳點了燉湯，這星期他要加班，辛苦了。

「對不起，這一個月我很忙碌。」翼吻一下她的手。

「老公，你有哪一天是不忙呢？」

婉琳高興他康復過來。

當她知翼的心理健康狀況，只能堅強地挺住開解他。

有了他，才明白伴侶的意義。

二十四、不速之客

翼忙於工作，婉琳跟媽媽去泰國渡假。

「這麼豪華！」童太太到達曼谷香格里拉。

「也不是，但近商場，Wayne 說當妳的生日禮物。」

「替我謝謝他。」女婿的大方讓童太太非常高興。

「我們沒有小孩，花點錢也沒什麼。」

「你們也不可能有小孩。」童太太輕輕帶過，「相愛就好了。」

婉琳一直難開口的事情，原來她媽媽已經知道了。

「我們去逛街吃飯吧！」

她們去著名的咖啡店打卡，婉琳上傳社交網站，「謝謝老公的贊助！」

翼看到，微微一笑。

四天的旅行完畢，兩母女出閘口竟然看到翼來接機。

「老公！」婉琳飛奔到丈夫面前。

翼吻她的臉，「Miss you！」他幫忙推行李車，「外母大人，曼谷好玩嗎？」

「非常享受，謝謝你。」

翼讓她兩母女先上車，自己在搬行李，他汗顏兩個人買了六箱回來。

「Wayne，你送我去舊屋好了，大部分也是手信，我順道跟街坊喝下午茶。」

到他們回家，婉琳只有兩件行李。

「妳沒有把曼谷帶回來嗎？」

婉琳感到不好意思花錢，支開話題，「天氣好熱，全花在吃喝上。」

晚上，兩人正準備去酒吧，卻為了小事在車上吵架。

婉琳不出聲，臉色不太好地下車，向筠說，「Gin tonic，謝謝。」

翼也氣沖沖地走入辦公室。

祖意感突兀，「你們怎麼了？」

「我賢良淑德，他還嫌三嫌四。」婉琳冒出這句。

突然有位女生趨近她，「就是妳搶我男朋友？」

婉琳一愕，什麼？

祖意也不信，翼已經這麼忙，哪來有時間婚外情？

婉琳大叫，「陳翼晨，你出來！」

翼嚇一跳，她從來未直呼他的名字，馬上出來，「什麼事？」

女生也被她嚇倒，婉琳氣鼓鼓指著翼，「是我老公嗎？」

女生尷尬，「對不起！我找錯人了！」

婉琳怒視翼，他無辜地搖頭，「不是我，還想怎樣？」

「你敢，我就擰下你的頭。」

翼雖然生氣，但他從後擁抱婉琳，坐著等看好戲。

筠放下飲品，對那女生說，「我們分開，就是因為妳不成熟，在工作地方大吵大鬧，影響我，又影響妳，何必呢？」

婉琳覺得筠太狠了，站起來，卻給翼拉著坐下來，「讓他們自己解決。」

女生一巴掌打了他去，筠沒有避開，只是直直地看著對方。

她也沒想過他不避開，一下子不知怎做。

婉琳掙脫翼的懷抱，她扶著女生的肩膀，「氣消了，我送妳出去。」

筠返回工作崗位。

婉琳回來，連忙找冰敷在筠的臉上，「這麼重手……」

筠不語。

其中一位客人張小敏看在眼裡。

翼問，「第幾個了？」

「他是不是有被虐狂？」祖意搖頭。

筠突然開口，「下次不要摻和，對方向妳動手怎辦？」

「兩個人捱一巴掌，可能不會這麼痛。」

筠停了手上的調酒器一下，然後繼續。

翼牽著婉琳的手，「我們先回家。」

回到家，看到行李，兩人又吵。

吵架的原因是翼覺得婉琳花錢時太小器，而婉琳認為自己應花則花。

婉琳把枕頭掉出去，「你出去！」

翼瞪眼，「我不知妳發什麼脾氣！」

「你什麼也管！」

翼呼出一口氣，「對不起！」

婉琳吵不下去，直接去睡。

翼爬上床黏著妻子，「老婆，可以抱我嗎？」

婉琳抱著毛公仔背著他裝睡。

「妳睡了嗎？」

婉琳不動，翼調戲他的妻子。

兩人正當乾柴烈火，電話響起來。

翼抓狂，怎麼半夜來電話？是加拿大打來？不接！

婉琳想伸手接電話，他不讓她，接著連她的手機也響起來。

「喂？奶奶？」婉琳忍著喘氣，用手撥開丈夫的攻勢。

他當然沒有理會，兩夫妻在一攻一守。

婉琳皺著眉，忍住不作聲。

「Cayenne，我們在飛機上，本來妳老爺想給你們驚喜，我想來想去，還是預先跟你們說。」

婉琳掩著自己的嘴。

「喂？喂？」

翼在竊笑，「媽，幾時下機？」

「兩小時後。」

「什麼？」

翼停下來，婉琳馬上跑到浴室。

「好了，待會見！」陳太太掛電話。

「老婆！」翼向著浴室咆哮。

翼的臉黑黑地駕著七人車去機場。

婉琳穿上西裝褸牛仔褲，紮了馬尾，在車上左看右看鏡子，「端莊嗎？」

「見我父母用不著照鏡一小時！」

婉琳瞟了他一眼，「老公，你很愛吃醋。」

「妳只可以圍著我而轉！」

「馬尾還是髮髻較好？」

翼沒有答她，泊車後便牽著她手去買咖啡。

「自然最好。」翼不經意道，喝口咖啡，擁著婉琳等父母出來。

他聞著她頭髮的玫瑰花香味，忍不住吻一下。

「正經一點。」

翼莫名其妙，他哪有不正經。

她站開一點，不想在長輩面前親熱。

翼忍受不到她的拘謹，偏要捉弄她，狂吻她的臉，別人不知道還以為他們是初戀。

陳氏夫婦從閘口出來，婉琳推開翼，馬上揮揮手，「老爺，奶奶！」

陳老先生又驚又喜，「怎麼妳知道我們來香港？」

「我打電話找不到你們，有點擔心，大哥說你們來香港。」

翼不敢看小自己的老婆，這麼會說話。

「累嗎？肚餓嗎？」

「有點累，先小睡一會。」

翼在推行李，婉琳已經挽著他媽媽的手臂前往停車場。

「我把房間收拾好了。下次你們早點說，我可以買定你們喜歡吃的。」

兩老笑得合不攏嘴，「我們很隨意。」

回到家，翼把行李搬上房，「爸，媽，房間在這裡。」

婉琳倒杯暖水給他們，「待會我打給姐姐，約他們今晚吃飯。Wayne，訂明閣好嗎？我帶老爺奶奶逛一會花園街。」

笑瞇瞇續說，「可以在奇趣餅家買些小食。你們先睡一會。」

各自返回睡房，翼已經抱住妻子，「剛剛推開我，又不挽住我手，越來越不聽話了。」

婉琳害羞地抵著他，「不要大白天，好嗎？」

她從來不在他面前更衣，更不要說白天親熱。

「嗯。」說完，但行動去完成剛剛的事，她不明白，她越表現害羞，他就越想征服，幸好她這一面只有他看見。

婉琳中午煮簡單的湯麵，老爺奶奶卻未起床，直到下午三時多。

「爸，媽，這是門鎖匙。吃點東西才出去吧。」

這位媳婦真想得周到。

婉琳敲門，「Wayne，我們先出門，你在明閣等我們。」

「不用我送嗎？」

婉琳搖頭，「你去新餐廳忙吧。」

她召 Uber 七人車帶兩老逛街。

「老爺，奶奶，這間雞仔餅很好吃。」婉琳拿著一大個手袋，好讓小食塞進去。

「合桃酥也好像很好吃。」

逛一會，婉琳找間豆腐花店讓他們坐下休息。

「我們待會去朗豪坊，買件嬰兒衣服給寶寶。」婉琳提議。

二十五、言聽計從

翼駕車去新餐廳，看到祖意正在跟技工測試監視器，「祖，怎麼只有你一個？」

「沒什麼。」祖意續說，「琳琳呢？」

「我爸媽來香港，她陪他們逛街。」

祖意意外，「這麼夾得來。」續說，「我跟經理 Simon 說了，但還是你再跟他說一聲較有誠意。」

翼點頭，祖意給他過目員工資料及薪酬。

「開幕時，你打算邀請朋友嗎？」

翼苦惱，「如果邀請何公子，他的紅顏知己及朋友一定到來。」

祖意咽一下口水，「哪不是自找麻煩？」

「是啊，我們難過老婆大人的關。」

兩人同時嘆氣。

「老婆一定會問為什麼邀請她們。」翼想起婉琳發火的樣子，馬上搖搖頭。

「一定出事。」祖意的臉色也好不到哪裡去。

「你的還好，至少她不會親近你。」

「什麼我的，不要亂說。況且我什麼也沒做過。」祖意慌道。

翼不忿，「如果不是她帶瑪姬來酒吧，就不會出事了。」

祖意聳聳肩，一副事不關己的樣子。

「琳琳一不高興就離家出走，怎麼辦好？不如說是筠發出邀請吧？」
祖意為人正直，但不得不贊成這下策。

翼趕忙道，「你擬定名單，給筠過目，然後叫他簽名。」

「你真是的……」

「你怕兄弟，還是怕老婆？」

祖意無言，他是怕老婆的。

「我也不想見到那個文子揚。」翼忍不住說。

「因為他喜歡琳琳？」

「連你也看得出，她這個傻妹卻看不出，還當人家是小弟弟一樣。」
然後再道出新加坡的事。

祖意笑道，「富二代殺手。琳琳細心體貼，也難怪他們被她的性格吸引。漂亮的女人也只是臉孔長得更漂亮，但心地善良卻沒有幾多個。」

「我不擔心她會移情別戀，但他們未必將我們的婚姻以認真看待。」

「別人硬要介入你們的婚姻，哪管是男女定女女婚姻。做好丈夫的角色，不要想太多。」

祖意突然笑說，「有沒有男人追過你？」

翼打冷震，「去你的！」

筠這時出現，「什麼事？」

翼仍感不自在，祖意笑著再說，「有沒有男人追過你？」

筠臉色一變，「去你的！」

祖意大笑。

翼向他打眼色，祖意拿出邀請名單給筠過目，「你覺得無問題就簽名。」

「你兩個混蛋，怕老婆怕到用我做擋箭牌。」筠笑著罵他們，卻有義氣地簽下名單。

翼大感沒面子，「怕她多想，我不是怕她！」

筠笑著向他後方打招呼，「琳琳，怎麼來了？」

翼大吃一驚向後看，原來沒人。

筠哈哈大笑，翼說了句髒話。

「翼，你以前也有不少女朋友，用不著怕成這樣，我不覺得琳琳是不講道理的人。」

「她的講道理，就是她的道理。」

各人笑到前仰後合，祖意說，「跟瑩瑩一樣。」

然後兩人又再嘆氣。

「學我這樣不好嗎？喜歡跟誰一起，做什麼也沒有人管。」

翼想一會才答，「跟黃茵一起，她完全不管我，但回家的感覺很不一樣，工作再累，看到琳琳，我就輕鬆下來，她是我的避風塘。」

祖意點頭贊同。

「況且我哪有時間去應付她們的心思，琳琳的簡單，生活上我少很多煩惱。」翼向筠說，「你啊，私生活檢點一下。」

筠翻眼，「難怪琳琳說你是控制狂。」

翼沒好氣，駕車找婉琳。

一到餐廳，翼是最遲的一位，「不好意思。」

「我們已經點菜。」婉琳抱抱著嬰兒跟翼打招呼，但嬰兒轉身擁著她親親。

「Baby Will 很喜歡 Cayenne。」佩雲笑道。

翼看他不順眼，小手老是搭著自己妻子的胸口。

「剛剛買了什麼？」

「沒什麼，一些小食。」

「Cayenne，楊嘉駿是你朋友嗎？」姐夫唯寧問。

「義工朋友，你也認識他？」

「他爸爸是有名的肝臟科醫生，住半山的。」

「難怪我經常碰見他，我不知道他的背景，可能 Wayne 的同事清楚一點，他們私下有聯絡。」

「他過來醫院找舊同學組隊打籃球。」

「嘉駿真的很有愛心！」婉琳讚賞。

翼看完手機後抬頭，剛剛跟一位男士對他微笑，他不太自然地報以微笑。

「你混蛋，看到男人在對我笑，我忍不住想起你句說話。」翼傳短訊給祖意。

祖意大笑。

那男士走過來跟翼打招呼，翼不得不站起，「陳總，你好！我是柏樹，黃維臣的下屬。」

翼才放鬆地回應，「你好！」

柏樹跟婉琳打招呼，「陳太太，妳好！」

婉琳抱著嬰兒，「你好，柏樹，跟家人來吃飯嗎？」說完，便向那桌子的人點頭微笑。

「寶寶很可愛啊！」

「外甥，我的甜心。」婉琳笑道。

翼橫她一眼。

吃飯後，佩雲多謝婉琳買的嬰兒服，順道邀請父母去她家小住。

婉琳左親右親嬰兒才捨得上車。

翼幫忙拿著手袋，重到他要雙手拿著，剛剛還說爸媽沒買什麼。

上車後，婉琳說，「明天中午我媽跟我們一起喝茶，你明晚回家吃飯嗎？」

「不用等我,我們在擬招股章程。」

「那我明晚煲湯,你回來拌飯吃。」

兩老看到婉琳的貼心,甚覺安慰。

睡前,翼擁著婉琳看書,「老婆,妳曾經想過有寶寶嘛?」

「沒有。」想也不用想便回答。

「領養?」

「沒有。我現在能夠幫助不只一位小朋友不是更有意義嗎?」

翼無言,他想多了。

婉琳轉身坐在他的腿上,圈著他頸項,「老公,嘉駿已經組隊練習了,我們還未開始啊。」

「寶貝,下星期我們練習好嗎?」翼突然想起,「怎麼妳叫 Will 做甜心?那我是什麼?」

「老公,蜜糖,」婉琳把臉趨上前,「帥哥!」

逗得翼忍不住笑,吻她的唇一下。

然後他跟婉琳說了下午的事情,「什麼?有男人追過你嗎?」

「當然沒有!」

婉琳想著,「嗯,難以接受。」然後蓋被準備睡覺,再瞟他一眼,搖搖頭,「我接受不到那個畫面。」

翼沒好氣地睡覺。

早上婉琳在弄早餐,翼已換好衣服下樓,兩老看到兒子一身帥氣,不禁多看兩眼。

Burberry classic fit 黑色西裝配上暗花的領帶,格外有型醒目。

「爸,媽,早晨!今天吃粥嗎?」翼意外,「還有蒸腸粉。」

婉琳遞上咖啡,然後夾早餐給他,「你小心吃,別弄髒西裝。」

「你要吃煎蛋嗎?」

「不了，偶然吃中式也不錯。」

婉琳奇怪，「怎麼今天戴眼鏡？」

「擋桃花。」翼笑說。

婉琳認真地點頭，「也好。」

翼不知道應該大笑或是生氣，出門前想吻婉琳的臉，但她推他出門，不習慣在長輩面前親熱。

中午時，童太太在元朗買了老婆餅，「親家，多久沒回來香港？」

兩家人高高興興地聊天。

一星期後，兩老搬去佩雲的家，不捨道，「我們也不好偏心。」

婉琳跟翼提議兩家人過來吃飯。

「隨妳，妳不怕煮就好了。」

一共八人晚餐，婉琳想來想去還是做中式。

「我們還是第一次上你們家。」佩雲道。

「平時翼放工已經九時多，我都不知道他何時在家。」陳老先生答。

清蒸魚、白灼蝦、薑蔥炒蟹、紅酒燉牛尾、四季豆、南瓜露，還有嬰兒吃的青豆豬肉泥。

「Cayenne，我們吃得下嗎？」

婉琳尷尬，「先吃海鮮。」

姐夫唯寧先吃牛尾，讚不絕口，要求添飯；童太太喜歡吃海鮮，一人也吃了五，六隻蝦。

婉琳先餵寶寶吃肉泥，「喜歡嗎？甜心。」

翼拆了蟹肉，放在婉琳的碗碟上。

吃得差不多，家傭抱著寶寶喝口水。

婉琳看到桌上吃得七七八八，「喜歡吃嗎？」

唯寧大讚，老人家亦笑說吃得滿足又自在。

「姐夫要帶牛尾回去嗎？不介意的話，下午帶回醫院作午餐。」

唯寧點頭，佩雲笑他好像家中沒有飯吃。

家傭盛南瓜露過來，陳老先生笑說，「我動不了！」

「怎麼翼沒有長肉？」

婉琳憐惜道，「他經常加班，回來喝湯配魚扒輕食，怕他的胃受不了又去睡覺。」

翼卻說，「她說五十歲前沒有飽飯吃。」

眾人沒理睬，陳太太說，「有人信嗎？」

吃飯後，大家坐在梳化閒聊，翼跟唯寧站在廚房中島喝酒。

「這個月尾，我們的日本餐廳開張，多多指教。」翼遞上名片及優惠券。

「一定支持。」唯寧笑道。

陳氏上機前，給了婉琳一封紅包，「我們不能留到妳生日，小小心意。」

「老爺，奶奶，你們太疼惜我了。」

翼插口，「我的紅包呢？」

兩老沒有理會他，只是捉著婉琳的手，歡迎她隨時去加拿大。

「公平嗎？」翼在車上跟妻子說。

「也許我人見人愛。」婉琳做了可愛的表情。

想不到這句說話令到情海翻波。

二十六、情海翻波

零晨兩時,翼的手機在震,他睡著聽不到,婉琳起來看電話,是一位
女生打來。

接著看到一條訊息。

「我們又可以一起了,很期待。」加上兩個心型的符號。

婉琳沒有解鎖他的電話,然後回到床上。

她心跳得很快,究竟什麼回事?

早上她忍著不出聲,翼若無其事地吃早餐。

「今晚回來吃飯嗎?」

翼在看手機聽不到。

「Wayne Chan。」

翼抬頭,「不好意思,我在覆老闆的短訊。」

「你今晚回來嗎?」

翼看到婉琳一臉嚴肅,賠笑道,「這是我家,我不回來能去哪裡?」

婉琳叫自己冷靜一點,這個女生是誰?有全名不會是偷情吧。

她走上睡房生悶氣。

翼感到莫名其妙,以為老婆要耍小性子。

晚上大約八時多,翼回到家,只有廚房亮燈,「老婆?」

婉琳坐在中島上等他。

「怎麼了?家裡停電嗎?」翼解下領帶。

婉琳忍著眼淚問，「爲什麼昨晚有女生半夜打電話給你？」

「有嗎？」翼記不起來。

「她說，你們又可以一起了，還送兩顆心給你。」婉琳嚎啕大哭，一抽一抽的，「你知道……我一向不查……你手機的……」

「O my goddness！」翼馬上擁著婉琳，「妳誤會了！」

他連忙打開訊息給她看，原來他回覆了短訊及他們的床照。

「很榮幸我們跟你們的會計師樓再次合作，不好意思，我抱著太太睡覺聽不到電話，有什麼問題，歡迎你們在辦公時間找我。」

婉琳看到後，擦乾眼淚停止抽泣，臉紅地說，「這麼肉麻，還附上床照！」

翼吻著她臉，自拍一張，寫上，「只愛她一個，誰讓她傷心，誤會，我絕不輕饒。」

「可以吃飯了嗎？」翼取笑她。

婉琳撅起嘴，「你又知我有做飯？」

「我知道妳會信任我。」

婉琳盛飯時，明韻打電話來，翼開了擴音器，「老闆，是不是那位會計見習生？我可以負責跟進這個項目。」

「Ivana，專業一點，不可能每次有女同事，我就要避開，況且我從來不會跟她們獨處。Cayenne 是信任我的。」翼平靜地說。

明韻感到氣憤，她當婉琳是朋友，用英語罵那女生，「她就是故意，明明你已經避開她！」

翼笑說，「好了，謝謝妳的關心。」

婉琳跟翼一起吃著。他看到剛剛她哭得這麼傷心，眼鼻通紅的樣子，他自己也吃驚，上次黃茵的事，她一定更傷心欲絕。

這是愛他的表現吧。

晚上，婉琳緊緊擁著他睡覺，翼輕撫著她，婚姻是建立信任之上，若不是對方出手太重，他也懶得理會。

接下來的一個星期，婉琳變得很乖巧，事事都順著翼的意思，反而令他十分不習慣。

就算白天有親密行為，婉琳寧願羞窘，也迎合翼的需求。

她很害怕失去他，原以為大家有足夠的信任。

「老婆，婚姻是互相信任，坦白，並不是改變自己去迎合對方。如果害怕失去而變得小心翼翼，我們一起還有什麼意義？」

「我沒有啊。」婉琳擁抱著翼，她也知道防不勝防。

日本餐廳終於開張，名為「百川」，婉琳穿了 Gucci 花紋圖案的長裙來剪綵，她邀請了明韻、嘉駿、凱雯及她男朋友江業生到來。

嘉駿第一次看到她的精心打扮。

何氏兄弟，子揚及他們的朋友也來慶賀。

翼舉杯，搭著好兄弟祖意與筠，「謝謝各位賞臉來臨！」

今天是試業日，筠跑到吧檯後準備。

餐廳設有幾塊活動板，可以分隔四間貴賓房，每房可坐六至八人。

婉琳跟朋友坐其中一間房，嘉駿雖然坐在明韻身旁，但眼睛不時望向婉琳。

他看過她不同的打扮，無論怎樣，都很好看。明知道她已婚，仍然心動，他不喜歡這樣的感覺，唯有喝酒跟明韻聊天。

翼看在眼裡。

筠拿著手機跟翼說，「你的手機留在吧檯上。」

翼皺眉，「怎會？」從袋口裡拿出電話。

筠臉色一變，「這是誰的電話？」

他一按電話，桌布是婉琳沖咖啡的樣子。

翼無奈，「文子揚的電話。」

筠想找人，翼按著他，「不要衝動！你待會把電話交給琳琳，說是我的電話，她應該會明白怎麼一回事。」

子揚跟婉琳打招呼，便坐下她的身旁。

「好嘛？」婉琳親切地打招呼。

「最近物色地舖，打算開一間咖啡店。」

「真的嗎？恭喜你！」婉琳由衷替他高興。

子揚苦惱地說，「但是找不到蛋糕設計師。」

「噢！」婉琳介紹凱雯及業生，「他們正是蛋糕設計師。」

子揚連忙起身跟他們握手，「多多指教！」

凱雯詢問細節，看看可以怎合作，她與男朋友正打算出讓麵包店，專注蛋糕設計。

「你有什麼需要，我可以幫忙啊。」婉琳雀躍地道。

「妳有這麼多時間嗎？」嘉駿看出子揚的心思，心裡有種說不出的糾結。

「你說得對！待我們忙完籌款再談。」

嘉駿拿準她的善良，她必定會把慈善放在第一位。

「Ray，你先跟 Karen 跟 Manson 交換聯絡電話，其他方面，我有時間可以跟你去看看。」

子揚點頭，正打算拿手機出來，發現不見了。

「你這麼粗心大意。」婉琳起來幫他找。

這時，筠向她招手，「琳琳，過來幫忙。」

婉琳馬上過去。

「妳拿些飲品給朋友吧。」筠裝作不經意地道，「你們在找什麼？」

「Ray 的電話。」

「是這個嗎？」

婉琳皺眉，「不知道呢！」

筠遞給她時，故意按一下螢幕。

婉琳看到自己的相片，她呆了一下，她不明白是什麼狀況。

她看著手機，又看著子揚，是不是中間有什麼誤會呢？

她的臉很紅，雙手搧涼。

筠問，「沒事吧？」

婉琳不知怎應對，「瑩瑩在哪裡？」

「她還未到。」

婉琳喝杯冰水，才托起飲品給朋友。

「Ray，是你的電話嗎？」

子揚想起他的電話桌布，不敢按鍵，「是的。」

「你們想吃什麼？我去廚房下單。」婉琳一刻都不想坐下來。

「妳點菜吧，老闆娘。」

婉琳微笑，「我叫老公來點單。」

她察覺不到子揚的異樣，是她想太多嗎？

「老公！」

翼上前摟著婉琳，「怎麼了？」

「小二，幫我們點單。」

明韻興奮地舉手，「我終於是老闆了，哈哈！」

子揚笑說，「Cayenne 才是 Wayne 的老闆。」

婉琳聳聳肩，得意地笑。

是自己想太多嗎？

婉琳整晚沒有心思在翼的霧水情人，只是應酬式跟每一桌的客人打招呼。

客人散去後，婉琳幫忙收拾後，拉著瑩瑩坐在角落。

瑩瑩笑說，「這麼鬼祟？」

婉琳說起剛才的事，瑩瑩掩著嘴笑，「妳不會現在才知道吧？」

「什麼？誰知道？」

「妳老公應該也知道。」瑩瑩取笑她。

婉琳手足無措，「會不會是誤會？」

「Wayne 知道妳熱心幫助別人，他才沒有說什麼吧。」

翼走過來，「老婆，回家了。」

婉琳還在遊魂中，「好的。」

「怎麼了？」翼在車上問。

「感到有些事情滑稽。」

「滑稽？不是應該得意或高興？」翼意有所指。

「我在想做了什麼令人誤會了。」

「誤會什麼？」

「誤會我是隨便的人。」

翼差不多要吐血了。

「老婆，妳可不可以把妳自己想得正面一點？」

下車後，他牽著她的手回家。

能夠跟喜歡的人牽手是一件幸福的事。

「老公，Ray 的電話桌布是我沖咖啡的樣子。」

婉琳看著丈夫的反應，但翼沒有表情。

「So？」翼按密碼開門。

「沒有了。」

翼愕然，婉琳沒有繼續話題。

「就這樣？」

「就這樣。」婉琳聳聳肩走入浴室。

臨睡前，翼忍不住問，「妳打算跟文子揚再見面嗎？」

「會啊，我跟他道歉，是不是我做了什麼令他誤會了。」

翼感到自己的妻子單純得可怕，還是她仍覺得自己不值得被愛？

「童婉琳，妳覺得我愛妳什麼？」

婉琳想一想，「傻吧，你說的。」

翼拍一下前額，「妳覺得我為什麼會娶妳呢？」

婉琳甜笑道，「愛我囉。」

「所以，妳覺得我娶個傻的回來嗎？」

「可笑啊？」婉琳撅起嘴。

「他喜歡妳，不可以跟我喜歡妳的理由一樣嗎？」

婉琳搖頭，「不可能！他怎知道我賢良淑德。」

翼發覺他真的娶了一位傻的回來。

「我這個老公很失敗，竟然令妳覺得自己不值被愛。」

「不是啦。」婉琳圈著她丈夫，吻了又吻，「我得到你已經覺得好幸福，我沒想過其他了。」

「我愛妳，因為妳善良，孝順，對我真誠。」

「老公，愛就愛吧，有需要理由嗎？」

「我對妳不好，妳還會愛我嗎？」

「明白了。」婉琳恍然大悟，「他喜歡我，因為我對他好？哪有怎樣？我對每個人也好。可惜呀！他連我老公一半的帥都沒有。」她搖頭嘆息。

「拍馬屁吧。」

「老公！」婉琳又吻他，「你不要我就無人要我了！」

「妳得意了！」

「豈敢，豈敢。」婉琳突然變臉，「我又沒有青春見習生，電視台小花喜歡。」

說完，頓覺生氣拉被舖睡覺。

翼無奈，「應該是我生氣吧。」

「老公不會呷醋，何來生氣。」

是同一個人嗎？剛剛笨得連別人喜歡她都不知道，現在又這麼口齒伶俐？

翼這一個月內不斷加班，務求將 B2C 購物網站在婉琳的生日前，盡快上市。

六月尾收到上市委員批准申請，全公司的員工在慶祝。

一如以往，公司邀請合作伙伴一起共進酒會。

婉琳穿上黑白 Dior 中長裙，配上 Roger vivier 的鞋及 Jimmy choo 的閃光 clutch bag。

她還去髮型屋做頭髮，整齊的長髮用 Chanel 的頭飾夾在耳背後。

一進場，培林及女朋友看到婉琳貴氣登場，上前招呼。

「Cayenne，好久不見！」

婉琳微笑，「你們好嗎？」

明韻也看到她，「這麼漂亮！」

翼在遠處看到婉琳，精緻的妝容，悉心的打扮，差點忍不出來。

他拍下照片，寫上「我的眼中只看到她。」

「老婆！」翼上前牽著她，「這麼漂亮，待會吃不到麥當勞。」在眾人面前低頭吻她一下。

「我在 Sevva 已訂桌，待會叫明韻他們一起吃晚飯吧。」

翼先帶她跟大老闆打招呼，然後是會計師樓的合作夥伴。

「我太太 Cayenne。」

婉琳微微側頭向見習生淺笑，她連手也不伸出來，翼知道她氣壞了。

「大家好！」

婉琳的壓場感令對方透不過氣來。

若果不是丈夫的忠誠，婉琳都不可以傲然的姿態出現。

從前的她不是易被人欺負，只是她懶得計較，現在的身分，可以仁慈但不可以軟弱。

翼扶著她的腰，跟其他合作夥伴打招呼。

慶功宴後跟同事們一起晚飯。

婉琳才輕鬆下來，「大家辛苦了！」

明韻抱著她，「我差不多爆肺了。」

「乖，請你吃。」婉琳餵她吃一口魚子醬。

「Ivana！」翼警告她不要親近自己的妻子。

「我交不到男朋友都是因為他。」

「怎麼了？楊醫生不好嗎？」

「他忙，我又忙，不了！不想為了遷就對方的時間而吵架。」

德信聽了很高興，但明韻卻說，「同行我也不喜歡。」

婉琳無言，翼訕笑，「妳沒男朋友是活該，挑三挑四！」

嘉茜轉話題，「老闆，我跟德信還在處理手機購物平台重組架構，但你下星期不在香港，我們仍可找你嗎？」

婉琳沒聽過他出差。

「我連續兩年沒跟 Cayenne 慶祝生日，今年跟她去旅行，只是六天，Ivana 會幫忙處理。」

明韻叫苦，「我還有人工智能項目……」

「反正妳沒男朋友，時間多的是。」

「老公！」婉琳為她抱不平。

「老闆去哪裡玩啊？」嘉茜問。

「溫泉旅館。」翼很滿意自己的安排。

明韻翻眼，「禁室培慾。」

翼又給酒嗆到，「Ivana！」

婉琳不禁臉紅，她相信她的霸氣老公會這麼做！

翼看到婉琳羞赧，馬上轉換話題，「和也，還有兩位新同事會幫忙。」

「培林呢？」

「他將會離職。」

眾人驚訝，翼抱歉，「本來不應該由我說出來。」

明韻卻拍手，「我受不了他跟女朋友每次看到 Cayenne 都拍馬屁。」

婉琳尷尬一笑。

德信這時插嘴，「她說了是非卻不知被人聽見。」

婉琳連忙道，「算了，小事一件。」

翼愕然，原來她一直知道卻沒有告訴他。

「開動吧！」婉琳微笑。

各人吃飽喝足後，婉琳吩咐德信送明韻和嘉茜回家。

翼牽著婉琳的手，「我愛妳。」

一切盡在愛意中。

二十七、生日旅行

神奈川，奧湯河源溫泉旅館。

翼訂了二層高的紫葉別墅，好好享受假期。

「老公，這麼大的 Villa！」婉琳看到私人花園及溫泉。

翼從後擁著她，「喜歡嗎？」

「很喜歡，謝謝老公！」

二人沐浴後換上和浴衣。

旅館服務員送上晚餐，日式石燒牛肉及海鮮，配上清酒，除了甜品外，翼還準備了生日蛋糕。

兩人靜靜地享受晚餐。

翼拍下她許願的樣子，「Happy birthday, My Love！」

「謝謝老公！」婉琳親吻他的臉。

她急不及待享受溫泉，翼也一同下水，「很舒服啊！」

兩人擁抱著看窗外景觀。

「每年有這樣的假期就好了。」

「就這樣安排。」翼吻著她的頸項。

「老公！你不要給明韻說中啊！」婉琳轉身手臂環住他的頸項。

「誰叫妳穿浴衣有另一種風情，讓我百看不厭。」他吻住她。

他在任何人面前從不掩飾他喜歡她的原因，只是有些人不知道他們所經歷和刻服的。

一對戀人，肯用心經營他們的愛情，長久是有原因的。

看到熟睡的妻子，翼有的是幸福感。

服務員送上日式早餐，翼決定吻醒他的人兒。

「早晨！」婉琳睡眼惺忪。

「累嗎？」他輕撫她的臉。

「你說呢？」昨晚太激情了。

翼忍著笑，「起來吃早餐吧，待會我們去做按摩。」

婉琳點點頭。

三日兩夜之旅完結，下一站竟然是京都，在四季酒店登記後，到市區跟祖意與瑩瑩會合。

「老公！」婉琳非常驚喜。

「知道妳喜歡抹茶，他們又過來搜羅餐廳食材，所以約在一起。」

他們在著名的清水寺租賃和服拍照。

婉琳挑選了粉紅色，瑩瑩選了紅色，待她們打扮後，看到翼與祖的和服扮相，有些少女圍著他們拍照，場面有趣！

「怎樣看，我的老公也很帥！」婉琳拍了他們的照片上傳社交網站。

「Happy birthday！Have a great trip！重申：只有妳覺得他帥。」

明韻的留言令她哭笑不得。

翼請了攝影師幫她們拍照。

看到自己的另一半保持少女的模樣，翼與祖意有感回到中學的時光。

尤其婉琳穿著和服時，回眸一笑，讓他有意猶未盡的感覺。

翼也充當攝影師，幫妻子影了不少相片，上傳後「百看不厭，對你愛不完。」

他牽著她的手，「吃甜品吧。」

中村藤吉，抹茶甜品店。

坐下來後，婉琳問，「你們過來找什麼食材？」

「正在構思餐廳宣傳京都限定，約了農商出口一些蔬菜給我們。我們不是連鎖餐廳，看看他們是否願意合作。」祖意道。

「Sounds good。」翼點頭。

「最基本的策略，應該是秋天期間限定。」

「老公，你要試一口嗎？」婉琳拿了一匙雪糕。

「好吃！」翼笑答。

瑩瑩問，「我下午報了嵯峨御流花道課程，當作我送給妳的禮物。」

「真的嗎？」婉琳雀躍，「真知我心。」

下午各自活動，晚上約在餐廳吃飯，兩位女生不懂喝清酒，喝著喝著竟然微醉。

「今天我真很高興！」婉琳開始語無倫次，「不是昨天不高興，而是今天特別高興！」

「謝謝妳！」婉琳捧著瑩瑩的臉想吻下去，嚇得翼跟祖意馬上隔開兩人。

瑩瑩不高興，「我們才是一對。」笑著又拉著婉琳。

翼哭笑不得，抱著婉琳，「我們回酒店吧。」

將她放下床後，翼想幫她換衣服，婉琳卻揮揮手，「我去洗澡。」

待翼沐浴後，打開被褥，婉琳拉下他的頸項，熱吻著他。

「那我就不客氣了！」

婉琳的主動給了他的驚喜。

他從來沒見過她這一面，看來家中要儲備清酒。

「寶貝……」翼撫摸著自己的妻子，雪白嬌嫩的肌膚。當他的女人，就什麼最好的也給她。

他骨子裡還是大男人一個。

親密過後，婉琳想喝水，撒嬌道，「老公，口渴！」

翼馬上倒水給她，婉琳一飲而盡，然後睡覺。

第二天醒來，她在抱怨，「怎麼這麼口渴？」

她又忘記了。

翼指著床單，然後告訴她昨晚的事情，婉琳聽到面紅，她立即掩著他的嘴，不依地道，「不要說！」

中午他們做水療按摩，逛街，愉快地渡過假期。

他們比祖意先離開京都，回程時婉琳在飛機上看到翼上傳的照片。

「老公，對妳愛不完，是郭富城嗎？」她忍不住取笑她丈夫，「暴露年齡啊！」

另一張是他們兩人溫泉後的合照，翼赤裸半身吻著只圍毛巾的婉琳。

「難忘的假期！老婆（流口水的表情符號）」

婉琳看到，低聲埋怨丈夫，「你這樣寫，誰都知道我們……什麼了！」

翼發愣，「我們是合法夫妻啊！難道我們去溫泉欣賞風景嗎？」

婉琳撇撇嘴。

明韻抵死留言，「真的……培育。」

「真的羞死了！」婉琳嬌嗔。

「妳敢做不敢認。」翼嘲弄。

空中服務員經過時對她報以微笑。

婉琳的相片全是生活品味，翼則是以妻子為主的相片。

子揚讚好她的插花照片，婉琳問翼，「你怎樣認識何氏？跟他一起泡女嗎？」

「當然沒有！」翼即時否認，「公司上市也包括銷售，他們的家族資金龐大，有他們的入股對銷售有一定的好處，我是從工作中認識他們。」

「若果我知道你跟他們泡女，我把你的頭擰下來。」

空中服務員剛問他們午餐要吃什麼，聽到這句話也要忍著笑。

翼打趣道，「千萬不要告訴其他人我畏妻。」然後向她打眼色，「但可以寫出來。」

婉琳不好意思，「兩份和牛，謝謝！」

然後才白她丈夫一眼。

回到家沐浴後，婉琳執拾行李，翼坐在廚房中島工作。

電話響起，是文子揚打來。

「Ray？」

「Cayenne，我明天約了 Karen 跟 Manson 試蛋糕，看看配哪款咖啡來推出套餐，我可以邀請妳過來給意見嗎？」

「好啊！幾點？家傭放假，我要幫老公去拿乾洗。」

翼聽到後，嚷道，「不急，妳去跟朋友一起吧，晚上我來接妳去吃飯。」

婉琳大喜，跟子揚說，「下午我來找你們，好嗎？」

二十八、暗地較勁

星期二的大清早，睡房裡傳出喘氣聲。

翼心底也吃醋得很，忍不住大清早起來跟他的寶貝纏綿。

親密後，翼抱起婉琳入浴室，「老公，你最近怎麼了？」

他吻著她，「我只是想要妳。」

「遲到了。」

「嗯。」他又吻著她。

婉琳陪伴到翼的公司樓下吃早餐，「老公，你今天跟誰開會，穿得這麼帥氣？」

翼穿了海軍藍的 Zegna 的西裝，她笑說害她也要穿著整齊來相襯。

Alice + Oliver 的罌粟色的蝴蝶結背心過膝裙，婉琳只有跟丈夫約會才穿短裙。

「會嗎？妳老公一向帥氣。」翼作賊心虛。

「深藍色不錯，好像變年青了。」

翼沒好氣，「我還年青好不好？」拿著外賣咖啡站起來，「上班了。」

然後要她吻他的臉。

他悄悄地上傳相片，「老婆送我上班！」

一張她吻他的照片。

婉琳看到後微笑搖頭。

「Cayenne！」

「嘉駿，這麼巧？」

「妳又這麼早？」嘉駿坐下來，他第一次看她穿鮮色裙子。

婉琳有點睡意，卻被嘉駿看成慵懶嬌媚，迷得他心神蕩漾。

「我剛從日本回來，家傭放假，我早出來逛超級市場。」

「明天我們跟兒童保護協會開會商討預算。」嘉駿買了外賣，卻坐在她對面一起吃早餐。

「你真能幹！」婉琳由衷讚道。

嘉駿不禁臉紅。

「Cayenne，妳以前有跟男生談過戀愛嗎？」

「有啊！」

「那妳為什麼不喜歡男生？」終於鼓起勇氣問。

「Wayne是我中學的學長，我從小就喜歡他，再遇見他之前，我也跟男生談過戀愛，但無法傾心。」想起從前的經驗，「嗯，可能大部分都看不起女生。」

「如果有位男生，尊重妳，愛護妳，妳會喜歡他嗎？」

婉琳卻想到子揚，馬上搖頭，「不會，沒有感覺。」

嘉駿明知道答案，還是失望。

婉琳再說，「有時我寧願他是女生。」

「妳真的很愛他。」

婉琳嘻嘻笑，「情意結吧。」

嘉駿羨慕這種單純的愛情，愛一個人不需要任何理由。

婉琳認真地說，「人生漫長，總會遇到條件更好的人，難道見一個愛一個，倒不如珍惜眼前，用心經營，起碼我盡力而為。」

然後嘲笑他，「你又帥又能幹又善良，條件這麼好，卻挑三挑四，跟明韻一樣。」

嘉駿苦笑，「我沒挑啊，對方不喜歡我罷了。」

「是嗎？誰會拒絕你？像我，沒人挑的，沒有這煩惱。」

「Cayenne，妳真不知道妳的魅力所在。」

「怎麼你跟 Wayne 說的一樣？」婉琳淺笑「你趕快跟她表白。」

「好啊，謝謝，我喜歡妳。」嘉駿看著她說。

「不客氣，你快去上班吧。」婉琳微笑。

嘉駿拍下兩人的咖啡杯，寫上：「說了。」

他走後，婉琳回想剛才的對話，好像有點不對勁。

她喝著咖啡，拍下照片，感慨地寫上，「你看到現在的我，雖然未必是最好的自己，但我會努力。謝謝老公的愛。」

沒有翼的愛，她不會自信起來。

翼拿著咖啡風騷地回到公司，貝麗見到老闆心情大好，明韻笑說，「老闆，今晚相親啊？」

翼沒有理會。

貝麗報告一下，「老闆，雜誌訪問安排在下星期五。」

「訪問？」

「是，關於市場下半年展望，同時邀請其他同行一起接受訪問。」

「好的。」

「還有，」貝麗頓一頓才敢說，「今早有關你的報導。」

翼看一下，「什麼？」

報章寫上：

「中環八卦：日前空中服務員碰見『寵妻總裁』與太太旅行回來，從對話中感受二人非常恩愛，總裁甚至不介意他頭被擰下來，冠上畏妻之名。」

翼忍俊不禁。

他拍下來傳給婉琳，然後工作。

婉琳太累，還是回家小睡。

下午到達子揚的咖啡店，銅鑼灣 Sogo 的後面。

「嗨，嗨！」婉琳拿著一盤四葉草向各人打招呼。

其中一位員工已認出她，「妳是 Cayenne 小姐？」

「是啊！」婉琳好奇，把四葉草遞給子揚，「Good luck！」

子揚高興，「謝謝！」

坐下來再跟凱雯與業生打招呼，「好嗎？」

「很好，妳呢？」

「不錯！今天中午吃少一點來。」她磨掌期待。

「我跟 Manson 做的紅蘿蔔蛋糕，朱古力蛋糕和紐約芝士蛋糕。」

婉琳興奮，「我最喜歡芝士蛋糕了。Ray，可以要一杯咖啡嘛？」

一抬頭，看到的是她沖咖啡的相片，放大了做牆紙，在咖啡機後。

她不知怎應對，「怎麼有我相片？」

子揚笑說，「不只妳，還有 Karen 跟 Manson，咖啡師廣仲，你們認真製作的樣子，很適合做咖啡店主題。」

婉琳只有點頭。

試了幾款蛋糕，咖啡，及其他小食，他們在商量廚房設計等。

「Ray 讓我們在這裡做蛋糕，這樣更易控制品質，同時學做 crepe 加入早餐菜單。」

「我非常熱切期待！」

突然有把聲音，「Cayenne！」

原來是翼，凱雯低聲說，「妳老公每次出場都很有型啊！」

婉琳笑笑，「不要告訴他，他會沾沾自喜。」

翼看到牆上的相片，輕蔑地笑一下。

「Ray！」

「Wayne，喝什麼咖啡？」

「黑咖啡，謝謝。」

他坐下來親一下婉琳，再跟各人打招呼。

「老公，試一口朱古力蛋糕。」婉琳餵他。

「好吃！」翼一向不喜歡甜食，只能用好吃或不好吃來形容。

咖啡師羅廣仲也坐下來，聽聽意見。

「我對咖啡沒有研究，Cayenne 沖什麼我就喝什麼。」翼抱歉道，「剛吃一口朱古力蛋糕，我覺得配苦味較重的咖啡，比較平衡到那種甜味。」

廣仲點頭，「你說得對。」他欣賞翼的性格，不會裝懂。

但他弄不清他們的關係。

「你們做菜單的時候，先制定幾款可相配的輕食，甜食和咖啡豆，總不能每個國家都入口，而且咖啡師還要調控各咖啡豆的口味，像我們調酒一樣。」

眾人聽後對他目定口呆。

婉琳回過神來，「老公，你會收顧問費嗎？」

翼笑說，「妳的朋友也是我的朋友。」

子揚見到婉琳看翼的眼神永遠充滿崇拜和愛慕。

「Kenneth（成亨）沒過來嗎？」翼問。

子揚答，「他今天到電視城探班。」

「最近報導不是你跟選美小姐交往嗎？」婉琳打趣。

「我從來都不喜歡這類型的！」子揚發覺語氣重了，「我……我只喜歡生活簡單的女生。」

婉琳只是笑笑。

翼快忍不住了，站起來說，「謝謝你的咖啡！」

廣仲他們也站起來，「謝謝你的意見！」

翼微笑，牽著婉琳的手，在她的牆畫面前停下來，「老婆。」

「嗯？」

翼拉著她，圈著她的腰，低頭吻她，另一隻手在自拍。

閃瞎了各人，業生低聲說，「我在看偶像劇嗎？」

「你不懂！」凱雯白他一眼。

婉琳害羞，搥他一下，然後跟各人說再見。

子揚跟自己說，能見她一面就滿足了。

其他員工還以為婉琳是輕浮的人，直至看到他們兩夫妻的眼神，明白到只是老闆在單戀。

凱雯剛退租，打算在子揚的咖啡店大展所長，當她看到牆上的照片，想退一步已經太遲。

「對不起，我不知道這樣複習。」她傳短訊給婉琳。

「放心工作好了，我們很是朋友，大家不用想太多。」

婉琳沐浴後，到廚房拿杯水，看到翼上傳兩人親吻的照片，寫上：「我的老婆。」

她留言，「愛上我的霸道總裁。」

翼這時從後擁著她，「老公，還未睡？」

他抱起她，放在餐桌上親熱，「怎麼了？」

翼的妒忌心已到頂點，他忍受不到自己的妻子被人熱切地單戀著。

「You are mine！」

婉琳再純真，也明白老公醋意大發。

親密後，婉琳身子很累，手臂、背部有些瘀青，她趕快地換上衣服。

天熱炎熱，婉琳穿上中袖衫，及膝牛仔裙。

「Ray！」

子揚喜出望外，「妳怎麼來了？」

婉琳只是笑。

他連忙沖杯咖啡給她。

婉琳輕輕地道，「我老公經常說，善良是我的優點，但我不想成為我的弱點。」

然後再看看牆上的相片。

「認識你是很高興的事，能夠一起學習、分享，再看到你發展你的興趣，我確實高興。」

她站起來，再走前咖啡機前，抬頭看著相片。

「你給了我自信，我以為這是友情的表現，但我是不是做了什麼令你誤會了？」

子揚慌了，「Cayenne，對不起，我…我……其實只想見妳一面，沒有其他意圖。」

他將她摔轉身，「我喜歡簡單善良的女生，但我從來沒有非分之想。妳不喜歡，我馬上叫人拆下來。」

剛巧李繼豪到香港，看到咖啡店內的婉琳和子揚拉扯著。

「Cayenne！」他馬上拉到婉琳在他懷裡。

婉琳的手臂上的瘀青令她呼呼雪痛。

繼豪察覺她不對勁，立即拉起她的衣袖，激動地說，「是誰打妳？那個變性人嗎？」

「不是，你誤會了！」

他再看到牆上的相片，「他糾纏妳嗎？」

婉琳有理說不清，子揚擔心地檢查她的傷勢。

　　「你不要碰她！」繼豪拉著婉琳到門口，「我帶妳回新加坡。」

　　子揚扯著他，「你憑什麼？」

　　混亂之下，婉琳撥了電話。

二十九、無心意外

祖意在餐廳打點，收到電話，「祖！」

他馬上駕車到咖啡店。

看到婉琳給拉扯著，他衝上前，「發生什麼事？」

「祖！」婉琳躲在他後面。

繼豪沒有理會，想伸手拉走婉琳，子揚阻止，「憑你也配？」

他輕笑，對他說，「我愛她，亦有能力愛她。」

婉琳倒抽一口氣，「大家誤會了！」

眾人看著她，「我從來就不喜歡男生！」

真的要說了。

「我中學時就喜歡 Wayne 了，一直念念不忘，沒想過我會再遇到他。」

婉琳嘆息，「可是他已經成為男生，但我仍想與他一起。我知道，我愛他這份感情是不會變的。」然後微笑。

「你們是我遇過最優秀的人，你們對我的感情，我受寵若驚，我嘗試過，但真的無法愛上男生，對不起。」

不知是否氣急攻心，婉琳說完後暈倒。

祖意馬上抱起她到醫院。

看到她躺在病床，他躊躇是否打電話給翼。

「請問你是？」護士問。

「我是她的朋友。」

「嗯，你知道她身上的瘀青是從何來？」

「什麼？」祖意愕然，「我打電話給她丈夫。」

祖意沒選擇，撥電話給翼。

翼正在開會，看到來電，沒有接聽。

然後收到短訊，「琳琳暈倒在醫院。」

翼立即彈起來，向各人說，「對不起，家有急事。Ivana 妳來主持會議。」

下屬們無不驚訝。

私家醫院。

翼非常擔心，皺著眉說，「怎麼會暈倒？」

除了祖意，竟然子揚跟繼豪在場。

繼豪抽住翼的衣領，「你為什麼打她？」

翼掙脫他，「你瘋了？我為什麼會打她？」

「她身上的瘀青從何來？」他怒吼。

翼不解，望向祖意，「什麼？」

他冷靜地說，「為什麼她會在咖啡店出現？為什麼她會暈倒？是因為你們兩個嗎？」

子揚尷尬，不知道怎開口，繼豪便搶著說，「這傢伙對 Cayenne 拉拉扯扯，我看不過眼便帶她走，然後發現她手臂有瘀青。如果你不是你對她動粗，她為何不打給你？」

祖意嘆道，「剛才 Cayenne 的一番說話，如果你是她，叫丈夫來只讓自己難堪。而且，我深信 Wayne 不會傷害 Cayenne。」他呼出一口氣，「愛，應該讓人感到溫暖。」

「太狂烈，」祖意望向繼豪，「不成熟，」再望向子揚，「只會令她感到窒息。」

220

繼豪無言。

護士出來詢問，「請問誰是家人？」

翼上前，「我是她丈夫。」

婉琳看到翼，感到抱歉，「對不起。」

「怎麼了？為什麼身上有瘀青？為什麼會暈倒？」

護士過來，「小姐，我可以代妳報警。」

婉琳臉紅，「誤會了！我們只是在餐桌上……親密……動作稍微有點激烈……」

翼也不禁臉紅，「對不起。」

護士語氣凝重，「女生的身子禁不起粗魯的行為，請好好愛惜你的太太。童小姐，待會做身體檢查。」

翼低下頭，「是我不好。」

「不是啦，我讓你擔心了。你先公司吧。」

「我怎放心？」

護士請翼先出去，「她血壓低，讓她休息一會。」

翼向各人說，「Cayenne 血壓低，需要休息，你們也請回吧，她回家後會再聯絡你們。」

子揚非常內疚，當她在他面前倒下，他的心臟彷彿停頓了。

繼豪深有不忿，但不想吵到婉琳。

祖意搭著翼的肩膀，帶著他到醫院的餐廳。

翼先傳短訊給貝麗，找兩位鐘點弄燉品做家務。

買了咖啡坐下來。

翼已急不及待地問發生什麼事，祖意一字不漏地復述婉琳的說話。

「我想她體力透支，加上情緒波動，所以暈倒了。你一向冷靜，怎麼會這樣荒唐？」

翼非常自責，「妒忌心令我失去理智。」

「藥物會有副作用，減少一點，她又不在乎這些。」祖意明示。

翼會意點頭。

「這個年代的人完全不在乎你是否已婚。」翼告訴他早前的短訊事件。

「我根本連埋身的機會也沒有給她，但害得琳琳差不多哭昏了。」翼嘆氣，「我不想控制她交友的自由，應該怎樣做？」

「不用管啊，她會成長，她會懂得處理。」祖意笑說，「戴眼鏡去擋你的爛桃花吧。」

翼再次嘆氣，不是我吧？！

他回病房接婉琳出院，想把她抱起來，婉琳尷尬，「老公，我可以行走。」

他們上車後，翼問，「護士怎說？」

「嗯，暫時不能親熱一個月。」

「一個月？」翼驚訝。

「是的，因爲……受傷了……」

翼嘆氣，抱著她的頭，「對不起。」

其實不是那麼嚴重，偶然騙他一下應該沒礙吧。

回家後，婉琳堅持做簡單的，「蟹柳湯烏冬。」

「好吧。」翼坐在廚房中島上工作。

他寫封電郵跟各同事道歉，輕輕帶過婉琳身體不適，今晚會回覆各人的電郵。

明韻立即打電話來，「老闆，網購公司，已遞交上市申請表；互聯網技術公司，仍在重組架構中；人工智能公司，已經在評估上市可行性。」

「爲什麼互聯網那間還在這階段？」翼的語氣嚴厲。

明韻責無旁貸，「老闆，對不起。我馬上跟 Issac 他們跟進。」

翼看看時鐘，「明天你們跟我報告。」

「老公，吃飯。」婉琳坐在他的身旁。

翼看到虛弱的她，心也痛了，連忙放下工作，跟她一起吃飯。

第二天的早上，翼溫柔地說，「妳睡多一會，中午有兩位鐘點過來打掃和做飯。」

「嗯。」婉琳闔上眼點頭。

翼拿著外賣早餐回到公司。

明韻不敢打趣他，自動自覺地入辦公室受刑。

翼還未開口，德信已經娓娓道來。

「管理層有人事變動，更改公司大方向，對於籌集資金運用有不同意見。」

嘉茜不敢作聲，翼站起來開始訓話。

婉琳昨晚燉花膠，今早吃起來後精神飽滿，自拍一臉撒嬌的表情照片給翼，「老公，早晨，精神好多了。」

翼正在罵著，看到婉琳的短訊，馬上回電，聲線轉爲溫柔，「怎麼不多睡一會？」

各人呼出一口氣。

掛線後，翼的氣也消了一半，吩咐他們火速跟進。

中午時分，兩位鐘點過來幫忙，婉琳坐在一旁看書。

她收到子揚和繼豪短訊。

「我沒事，請了兩位鐘點來打理家務，你好好籌備咖啡店開幕吧。」

「我沒事，你自己好好保重！祝你的在新加坡大展鴻圖！」

婉琳眞的不想再見李氏。

她自拍坐在窗台看書的照片,「享受寧靜的一刻。」

明韻看到,「我們剛捱罵,幸好有妳的來電,老闆的氣消了。妳身體怎樣?」

「血壓低暈倒,已經沒大礙。妳的老闆是緊張大師。」

「難怪他從會議中彈跳起來,妳沒事好了,多休息!」

婉琳看了半天的書,走到樓下轉角的咖啡店喝茶。

「我的假期。」她暗暗偷笑。

踢走不必要的煩惱,婉琳精神爽利,她陪翼去雜誌社攝影。

「老公,你為什麼戴眼鏡?」

「不好看嗎?」

「很土啊!」婉琳穿上 Needle & Thread 的碎花裙。

祖意出的爛主意。

最後出門是一身 Prada 的黑色西裝。

在攝影棚見到其他同行,包括黃維臣下屬張柏樹。

「陳總,陳太太!」他先打招呼。

「你好!」

滿場也是青年才俊,當然婉琳眼裡只有她老公一人。

攝影師想拍大合照,翼站在一旁,「陳總,可否站在中間?」

他的人氣最旺,當然站在中間,翼卻皺眉,「我不懂 pose。」

記者馬上道,「左手插進褲袋就可以了。」

婉琳幫忙整理他的領帶,笑瞇瞇站在記者後,她也自然成為被拍攝的目標。

翼看到她忍不住嘴角向上。

「辛苦了!」記者邀請他們坐下來喝茶。

訪問之後,翼已下閘不回答私人問題。

他牽著婉琳的手離開，「我很不習慣這些訪問，頸也酸了。」

婉琳只是在笑。

「約了筠他們在百川吃飯。」

經理 Simon 看到翼跟婉琳，「大老闆，老闆娘！」

「Simon，請給我一杯冰茶，天氣很熱！」

翼冷冷地拋下一句，「不准給她任何冰品。」

婉琳在跺腳。

當他們坐下來，看到筠的新女朋友，岑欣怡，原來是私人醫院的護士。

婉琳尷尬萬分，「妳好！」

翼放下熱玄米茶，坐下來看到欣怡。

她嘲諷，「原來並不是這麼壞。」

筠不明白，欣怡有職業操守，只道，「不關你的事。」

筠介紹，「這是我的好友 Wayne，亦是酒吧和餐廳的大股東，他的太太，Cayenne。」

欣怡想不到翼是生意人。

祖意也過來坐一會，「張小姐在下個月頭的星期一包起餐廳作為她的生日派對，她要求筠到場做 cocktail，你有沒有意見？」

「沒有啊！」

祖意說聲好就離開。

「我可以去幫祖嗎？」

「不可以，在家休養。」翼即時拒絕，「護士不是說過妳要休息一個月嗎？」

欣怡口快心直，「不是，一星期就可以了，而且你們不要一星期做多過兩三次就無礙。」

婉琳羞窘得伏在翼的身上，翼再尷尬也只能硬撐著。

筠驚訝，「陳翼晨，你弄到她入院？」

翼不敢正視，「我去廚房點菜。」

欣怡也感到不好意思，「對不起，職業病。」

婉琳嘆氣，把這事從頭到尾說一次。

一場誤會，「家傭不在家，所以……所以才這樣。」

翼在廚房先拿了玉子燒及特製拉麵出來，「吃熱的好了。」

婉琳抿抿嘴。

筠突然道，「爲什麼妳找祖也不找我？」

「我恐怕你會打他們，我不想上報紙。」

筠卻大笑，「妳眞了解我，翼不可以打他們，祖不敢打他們，我來！」

「做兄弟會明白的，不需要自豪。」婉琳敬他玄米茶。

欣怡驚道，「原來妳是百億女友！他怎追求妳？」

婉琳連忙說，「當然是亂寫的！」然後把臉哄過去翼。

「妳眞抵得住誘惑。」

筠的臉也黑了，原以爲她是爽朗女子，但口抹遮攔他受不了。

婉琳不知所措，不知道她是什麼意思，翼只是笑笑。

晚飯後，欣怡想跟婉琳交換電話號碼，翼卻牽著她的手，「再見，我的車停在路邊。」

回家沐浴後，婉琳坐在床上看書，翼不懷好意的樣子爬上床。

婉琳看他一眼，「怎麼了？」

「爲什麼騙我是一個月？」

「我……我聽錯了！」抵死不認！

「妳知道我每天都在擔心嗎？」

「吃了兩星期的燉品，身體好多了，謝謝老公，我去睡了。」婉琳馬上蓋被。

「妳覺得今晚可以早睡嗎？」

翼輕輕地吻她的身體，深怕弄痛她。

「痛嗎？」

婉琳紅著臉搖頭。

翼只敢慢慢來，又問，「痛嗎？」

婉琳還是搖頭。

翼就住力道，又怕身體壓住她，姿勢總是不對的。

婉琳皺眉，「老公！」

「痛嗎？」

她推開他坐起來，「你這樣……我沒辦法……」然後起來去沐浴。

「老婆，我怕妳會痛嘛。」翼叫著。

因為公司上市的時間表比預期慢，翼加緊督促各同事加班，語氣上亦比較嚴厲。

同事們午飯後在休息室喝茶。

德信差點透不過氣來，「老闆最近為什麼這麼暴燥？」

明韻闔著眼喝冰茶，「慾求不滿吧？」

德信失笑，「Ivana，妳可否像一位女生？妳看看 Jess。」

他是對明韻有好感，但說話毫不修飾，好像不是他那杯茶。

嘉茜淺笑。

明韻打電話，「Cayenne，我們就快不行了！」

「哈哈，我送下午茶過來。」

小休一會又進入戰場。

下午四時多，貝麗敲門入會議室，「老闆，你太太在前台找你。」

翼以為發生什麼事，立即從會議室走出來。

「老公！」婉琳笑意盈盈，Tory Burch 的白色裙，Louis Vuitton Sac Plat BB 手袋，非常可愛的打扮，「突然想你，買些蛋糕過來。」

翼拿著三盒蛋糕，「妳等等。」

他遞給德信，然後帶婉琳入自己的辦公室。

「原來我是第一次入你的辦公室。」

翼的辦公桌非常整齊，一套 Lucrin 的書寫套裝，三幅不同大小的相架，他們的結婚照，她在蘇梅島的單人照及法國街拍照。

婉琳跟翼坐在梳化，「今晚也要加班吧？」她從手袋拿出老黃瓜豬骨湯。

「打算秋尾前完成大部分工作。」

翼在喝湯，婉琳在翻開財經雜誌。

「被寵總裁並不是傳說。」相片中婉琳幫翼弄領帶，二人相視微笑。

「讀者會有興趣嗎？」翼好奇。

「如果他們報導下個月的慈善比賽，我不介意他們多拍我幾張。」婉琳笑說。

「明天我陪妳去練球吧。」

「真的嗎？」婉琳連吻丈夫的臉頰，「我現在去做 facial，晚上見！」她主動吻他的唇。

翼喜上心頭，「今晚見。」

德信他們呼出一口氣，看到老闆微笑著送太太到電梯，吻了又吻，嘉茜低聲說，「Ivana，多得妳出動殺手鐧。」

「那都要老闆娘得歡心才行，妳看看唐太，賢良淑德，我未見過大老闆對她有好臉色。」

嘉茜看著對面的德信，他個子不高，但粗眉大眼，英俊瀟灑，但喜歡他是因為外表嗎？

項目的失誤，每個人都有責任，但差不多他自己扛著。

再看到老闆 Wayne 對自己的太太寵愛有加，難免羨慕。

「老闆你不吃嗎？」嘉茜問。

「不用，剛剛喝了湯。」

「老闆娘這樣體貼，拉高了我的擇偶條件。」德信聰明地拍馬屁。

翼微笑，突然想起黃維臣的太太，她也是給人一種溫暖的感覺。

婉琳知道翼沒有時間應酬，主動約了黃太太 Sylvia 及她的朋友到百川吃飯。

「請多多指教！」婉琳斟茶給各人。

「你們的餐廳是 talk of the town，我們有口福才眞。」

三十、情場較量

籃球比賽正式展開，翼是開幕主持人，婉琳不想搶風頭，低調坐在台下。

今天比去年多了球隊，越多人參賽就越多善款。

「嘉駿，謝謝你們！」婉琳看到醫生護士兩隊。

明星也有兩隊，竟然有電視小花，翼不敢下場，婉琳已換好衣服對壘。

祖意搭著翼的肩膀笑說，「世紀大戰！」

翼反手打開他的手。

主持介紹出場時，「Cayenne！」

婉琳把帽隨手一掉，磨拳擦掌準備比賽。

子揚，嘉駿看到她的帥氣，不禁為她吶喊。

翼看到婉琳落力地比賽，應該平時有勤力練習，最後大比數贏對方。

總決賽是嘉駿跟子揚的隊伍在下星期對戰。

婉琳走過去感謝他們，其中一位小明星向子揚撒嬌，「很累啊！」

子揚卻答，「下次不要來了。」毫不給臉。

翼也走過來，子揚馬上搭著另一位小明星的肩膀，她是上屆選美小姐亞軍利碧兒，形象健康活潑，「喜歡籃球嗎？」

對方想不到他看中自己，不禁臉紅點頭。

翼跟各人打招呼，看到子揚也沒有什麼表情，牽著婉琳的手回家。

他們走後，子揚鬆一口氣，執拾東西離開。

「Ray，你送碧兒回家？」成亨問。

「我約了人。」頭也不回就走了。

婉琳穿上黑色蕾絲邊的睡衣，坐在床上塗潤膚乳。

「老婆，今天妳拿了十多分啊！」

「當然，情場輸給我，球場上也不能贏過我。」

還說他是霸道總裁，老婆大人才是。

「我幫妳按摩吧。」翼怕說多錯多。

「你按到哪裡去？」

星期六早上，兩人仍擁著睡覺，翼先起來，看到祖意的短訊，「星期一晚上，張小姐邀請你們夫婦到場。」

「累死了，還要應酬。」

婉琳打著呵欠在跑馬地吃早餐，聽著祖意向翼討論餐廳事宜。

「我才收到賓客名單，本來以為是一般生日派對，原來是上流社會的宴客。」

「食物供應有問題嗎？」

「沒有，一早準備好了，只是我們要騰空門前的車位，方便客人上落，給記者照相。」

「嗯。」想不到張小敏這麼給面子。

婉琳倚著老公有一口沒一口吃著，「瑩瑩在哪裡？」

「她升了商場管理，預告下星期打風，做些準備。」

「很久沒有看到她了。祖，我有什麼可以幫忙？」

「不用，妳打扮漂漂亮亮好了。」

婉琳提議，「不如我們在門口放一張畫布，讓賓客簽名作我們送她的生日卡。」

「好啊，我去準備。」祖意贊同。

「我們去買衣服吧。」翼站起來。

「穿什麼好啊？」婉琳苦惱。

「Smart casual 好了。」

婉琳喝咖啡後，精神稍為好點。

翼駕車到銅鑼灣，停車在子揚的咖啡店門口。

「我們訂生日蛋糕給張小敏，好讓她驚喜。」

基於禮貌，婉琳請子揚找凱雯他們。

翼跟子揚打招呼，不經意露出鎖骨上的吻痕。

「Cayenne！」凱雯高興見到他們，「情侶裝！」

兩人穿上 Loewe 的 T-shirt 及球鞋。

婉琳笑笑，拉著翼坐下來商量蛋糕設計。

翼用紙巾擦一下有氣礦泉水才遞給婉琳，凱雯看到，「你真細心。」

「誰叫她有潔癖。」

子揚已換下婉琳的相片。心裡他還未放下，但是喜歡一個人，只想她幸福，不一定擁有她。

他以後的伴侶，或許以她的善良作準則吧。

「這款的蛋糕夠驚喜。」婉琳笑道，「謝謝你們！Ray，謝謝你！」

翼牽著她的手離開。

「就算是情侶裝，怎樣看，也不覺得他們肉麻。」凱雯羨慕。

翼跟婉琳買衣服後，突然道，「很久沒跟妳逛超級市場了。」

「今晚想吃什麼？」

「補充體力的。」

旁邊做攤位宣傳的亞姨們在笑，婉琳埋怨他，翼無辜道，「妳想歪了！」

這時婉琳才看到翼的吻痕，「噢！給朋友笑話了！」

翼扮作可憐，「天氣這麼熱，我還不能穿無袖。」

婉琳不好意思，「好了，今晚煎牛扒給你補充體力。」

「韓式拌麵，沙律好嗎？」

「好啊。」

星期一的晚上，百川居酒屋非常熱鬧，他們第一單的大生意。

祖意忙得透不過氣來，瑩瑩也前來幫忙。

記者們在等賓客來臨，陳氏夫婦乘車到。

婉琳挑了 Balenciaga 的藍色碎花襯衣，翼則低調地穿上 Thom browne 灰色恤衫，架上黑色粗框眼鏡。

翼不苟言笑護著婉琳入餐廳，一進門便看到張小敏坐在吧檯前。

「Mandy, Happy birthday！」翼跟張小敏握手，「謝謝妳選了我們的餐廳。」

小敏看筠一眼，「多謝。」

「生日快樂！」婉琳也跟她握手，送上禮物。

「多謝賞臉。」

筠調了特飲，「張小姐，生日快樂！」

小敏高興，柔聲道，「叫我 Mandy 好嗎？」

翼挑起眼眉。

「Cayenne，我介紹朋友給妳認識。」小敏拉著婉琳。

翼坐下來，「她幾時看上你？」

「我也剛知道。」筠一邊調酒一邊說。

「多謝你以身相許，我們才有這單大生意，哈哈。」

「去你的。」

筠的電話在響，看到是欣怡打來不接聽，翼搖頭，「你又來了！」他卻伸手接電話，用冷冰冰的語氣道，「不好意思，他在工作中，妳可以晚點打來嗎？」

「關你什麼事？」

「萬一她在張小敏派對動粗怎辦？」

筠沒想太多，繼續調酒。

翼入廚房看看，「各位同事辛苦了！」

「大老闆！」

「我老婆平時不讓我進廚房，所以來看一眼。」

主廚笑問，「為什麼呢？」

「我弄壞了她的廚具。」

各人臉色一變，「大老闆，你還是在外等吃吧。」

祖意看到他進來，「Wayne，Cayenne 找你。」

翼離開廚房，祖意才說，「騙他出去，大家可以放心了。」

主廚不太想見識大老闆的廚藝。

三十一、分手原因

翼吩咐筠拿著生日蛋糕出來，他們在後唱生日歌。

小敏看到蛋糕，非常驚喜，兩層高的蛋糕，旁邊有些迷你酒瓶，一個芭比娃娃醉倒在蛋糕上。

翼按著筠坐下來。

「多謝，多謝！」小敏滿心歡喜，吻了筠一下。

眾人在起哄，筠想辯解，翼馬上叫小敏許願。

婉琳察覺不對勁，筠不是有女朋友嗎？

祖意同時拿出幾個朋友帶來的蛋糕，幫他們拍照。

小敏拉著婉琳他們，「一起拍照吧。」

翼想低調也不可以了。

散場前，小敏前來多謝祖意與瑩瑩，「謝謝你們的安排，我太盡興了！」她給了一萬元小費。

「我們的榮幸。」祖意安排計程車送客人回家，他把小費分給經理及所有員工。

「謝謝老闆！」

翼擁著喝了酒的婉琳，「各位辛苦了，星期三見！」

「謝謝大老闆！」翼與祖意恐怕生日會搞亂地方，故全餐廳休息一天。

員工得到打賞，留下來幫忙執拾。

祖意跟瑩瑩先回家，筠在收拾吧檯。

有人開門進來。

「不好意思，我們打烊了。」

「Zen，你爲什麼不接我電話？」原來是欣怡。

「我們不是說好分手嗎？」

「我不明白。」

筠倒杯冰水給對方，「Wayne 是我二十年的好朋友，妳在他面前說 Cayenne 竟然不選他人，我喜歡妳，但未至於喜歡到爲妳而刺痛我的好朋友。」

欣怡才明白什麼一回事，「Zen，對不起，我一時口快，請原諒我，我會改的。」

好不容易遇到自己喜歡的，雖然他外表不羈，但對她細心呵護，她不想分開。

「他們每次看到妳，就會想起那句說話，我也感到不好意思。」

「我討厭別人認爲我們是同性戀就不尊重我們的愛情，那傢伙就踩中我的地雷，愛情，友情，對不起，我有感情潔癖。」

筠一口氣說完。

欣怡又怒又羞，把冰水潑向他臉，「你這一世都不會找到愛你的人。」

「可能。」筠抹一抹臉，「再見。」

欣怡掩面離開。

張小敏是第二天各報章的娛樂頭條。

她是公開自己性取向的名人，身邊的朋友大多數也是一樣，昨夜的派對，自然成爲茶餘飯後的話題。

想不到記者拍到翼跟婉琳街頭熱吻。

一向在媒體面前以嚴肅形象示人的翼,第一次被拍到鏡頭背後的他,緊緊地擁著妻子,吻了又吻。

婉琳馬上打電話給翼,「老公,對不起,我喝醉了。」

「傻妹,為什麼對不起?妳吻的是我,妳老公,不是其他人。」

「但是……」

「我要開會,晚點再談。」

「知道了。」老公應該生氣了。

翼在看貝麗的剪報,他忍不住在笑。

雖然打亂了他的低調生活,他總認為自己放上網和別人偷拍是不同的。

看來今天又一堆不堪入耳的留言。

管他呢?他們是管別人的閒事,他管的是上億元的事。

翼放工回家,打算嚇唬婉琳,面無表情上樓沐浴。

婉琳以為他生氣,小心翼翼地服侍他喝湯盛飯。

「今天忙嗎?」

「嗯。」翼強忍著笑。

飯後,翼坐在梳化看文件,婉琳問,「要喝茶嗎?」

「嗯。」

她靜靜地幫他按摩肩膀,翼繼續忍笑,他老婆單純得可怕。

睡前,翼叫婉琳坐在他大腿上。

「你還生氣嗎?」婉琳低垂頭。

「非常。」

「蛤?」翼吻住婉琳,輕撫她的身體。

「不可反抗。」

「等等……」她推開他,「關什麼事呢?」

翼大笑，「不關事，難得妳聽話。」

婉琳臉頰鼓起，「我還以爲你生氣！」

「我當然生氣！」翼嚴肅，「妳吻的是我，說什麼對不起。」

「你一向低調……」

「誰叫妳好色？」

婉琳臉紅，「哪有？」

「記者拍到妳強吻我。」

「哪有？」婉琳提高聲線。

其實報導是總裁夫婦街頭秀恩愛，但翼要整蠱她。

婉琳拍打他，「壞壞老公！」這時想起，「你們眞壞，明知筠有女朋友還推他去張小姐處。」

「他們分手了。」

「又分手？」

「因爲她認爲妳應另選他人。」

「蛤？」

「我們很重視彼此的友情，當年妳離開我時，筠差不多要對我動手了。」

婉琳不屑道，「你是活該。」

翼無言，婉琳也不說話，自己蓋被睡覺，想著也生氣。

「老婆，過了這麼久還生氣？」

「你慶幸我還會生氣，誰人會對這事情大方？」

翼自討苦吃，算了，週末才對付她。

欣怡看到社交網站的照片，其中一張是小敏吻了筠的臉。

午飯時，瑩瑩跟同事從電梯下來，其中一位說，「妳們看看有位大帥哥站在那裡」

原來祖意在等她。

「他是經理的丈夫啦。」

瑩瑩笑笑，上前挽著祖意，他禮貌地跟同事們打招呼才離開。

「好像很久沒有陪妳。」

「你幾時學 Wayne 這樣花心思？」

祖意失笑，「他抄我好不好？」

「我今晚要加班，張氏商場的租約我還未完成。」

「妳去酒吧找我好嗎？待會我去買月餅禮卷給外母，然後回百川打點食材。」

瑩瑩吻一下他臉，「謝謝老公。」

愛情中的平凡，細味就能感受這種簡單幸福。

吃飯後，祖意送瑩瑩到電梯，吻她一下才離開。

偶然的驚喜也是甜蜜的。

瑩瑩回到公司，前台同事遞上一束鮮花給她。

「誰？」

她打開卡片，「給漂亮的老婆，愛妳。」

瑩瑩微笑，他開始學送驚喜。

祖意珍惜他們的愛情，不像翼的狂烈，不像筠的隨意，現在對他來說是剛剛好。

晚上，婉琳買了外賣跟筠，祖意他們一起吃，瑩瑩剛剛來。

「一起吃吧。」

想不到小敏跟隨在後。

瑩瑩連忙說，「大老闆！」

婉琳起身，「一起吃吧。」

小敏不知道有這麼多人，她有點尷尬，「Wayne 呢？」

「不好意思，他在加班，妳找他嗎？」

筠分些白飯給小敏，「不用等 Wayne 嗎？」

「不用，我下午已拿湯給他。」

筠笑她，「妳又不拿過來？」

「知道你獨居老人，拿了些給你。」婉琳嘲諷他。

「乖！」

婉琳啐一聲。

小敏關心道，「經常捱夜辛苦嗎？」

「我有失眠症，這份工正好讓我忙碌。」筠是坦白人。

瑩瑩跟祖意入辦公室整理賬單，婉琳準備開門營業，她一開門就被人推倒在地上。

「你騙我為了好友而分手，原來是為了有錢人！」欣怡吵著。

筠連忙上前扶起婉琳，欣怡卻伸手掌摑他，小敏捉著她的手，喝道，「妳敢！」

欣怡被她的氣勢壓倒。

祖意聽到爭執聲，吩咐瑩瑩不要出來。

「發生什麼事？」這時翼已出現，看到妻子跌倒在地上。

他馬上抱起她，「痛嗎？」

婉琳搖頭。

小敏放開她的手，「我喜歡 Zen 是我的事，他跟妳分手，是妳個人的事，但妳不能在我面前打他！」

婉琳低聲說，「是不是總裁都是霸道的？」

翼只顧著檢查她傷勢。

欣怡誤會筠，他送她出門，「如果妳打我可以消氣，妳就動手吧。」

「我不想分手啊！」欣怡伏在他懷裡痛哭。

「謝謝妳喜歡過我。」他送她上車。

筠回到酒吧，翼拍拍他的肩膀，「我們先回家。」

「不好意思！」

「沒什麼。」婉琳忙道。

筠跟小敏說，「謝謝妳喜歡我，但我是這樣的人……」

小敏擁著他，「我們試試吧。」

筠愕然。

翼回家後，在浴室反覆檢查自己的妻子。

「老公……你是占便宜……」她在反抗，「不要……跌到屁股痛……」

翼看到一片瘀青，用手巾包起她到床上再次檢查。

「不要，多難為情。」婉琳拒絕。

翼嘆氣，「是不是我們的八字問題？怎麼妳老是受傷？」

婉琳不想他亂想，「沒有啦。」她圈著他的頸。

「明天不要走動。」

婉琳聽話點頭。

三十二、試驗愛情

半夜傳來短訊，是翼，祖意跟筠的群組。

「她叫我試試怎麼辦？」

翼沒有回覆，擁著婉琳繼續睡。

早餐時分，翼跟祖意才回覆短訊。

「你想試？」祖意問。

「感情有得試嗎？」

「我跟琳琳也是試著開始。」

「莫名其妙！你們一早喜歡對方，我對她是沒有感覺！」

「那就拒絕她好了！」

「我拒絕她，對瑩瑩沒有影響吧？」

「不會公私不分吧。」

婉琳埋怨道，「老公，吃早餐時可以放下手機嗎？」

翼放下手機，「半夜收到短訊，我不可以覆，連早上覆也不可以？」

婉琳沉默。

翼自知語氣重了，柔聲道，「我怕半夜覆短訊妳會誤會嘛。」

婉琳到廚房煮咖啡。

翼嘆氣，輸入短訊，「我家小姐又發脾氣了，怨我早餐時用手機，晚點再談。」

「你整天在外工作，只有早餐時你坐下來跟她談話，互相體諒吧。」
祖意說。

翼準備出門，「老婆，我出門了。」

婉琳應了一聲，走入廚房後面的儲物室。

翼搖頭。

婉琳見秋天快到，打算去 Calvin Klein 買睡衣，突然感到一陣暈眩，
輕輕靠在欄杆。

嘉駿剛到附近買咖啡，見到婉琳狀甚痛苦，馬上跑過去扶她，「怎麼
了？」

「好像生理期痛。」

嘉駿連忙帶她到診所，抱她躺在病床上。

「我給妳止痛藥。」

婉琳拉著他，「Nerofen 才有效。」

嘉駿笑說，「我是醫生。放心。」

「我可以叫護士幫我買些東西嗎？」

嘉駿馬上會意，扶她起來，「妳先吃藥。」

他跑到樓下的藥房買衛生用品，「怎麼會這麼多種類！」

「先生，有什麼需要幫忙嗎？」職員問。

「我女朋友生理期的第一天，哪一款較適合？」

職員幫他拿去櫃檯，貼心地用紙袋包起。

嘉駿衝回診所，看到婉琳面色蒼白，「我買了回來。」

「不好意思。」

「妳怎樣？」

「想吐。」

嘉駿扶著她，拿著紙盤讓她吐，護士進來，「楊醫生，需要延遲開門嗎？」

他拿水給她漱口，「等我十五分鐘。」

「好的。」護士跟另一位說，「楊醫生女朋友生病，我們十五分鐘後才開始診症。」

婉琳發冷，嘉駿擁著她，「我拿毛毯給妳。」

他心也痛了，寧願她健康，也不願意在這情況下擁著她。

「妳休息一會，我待會再看妳。」

護士關心，「有什麼需要幫忙嗎？」

「她生理期痛。」

婉琳艱辛地起來換衛生用品，嘉駿的舉動她是感動的。

她倒下繼續睡，流了很多汗，模糊中有人替她抹汗。

兩小時後，她精神好多了，嘉駿進來看她，「怎樣了？」

「好多了！謝謝你！」

「吃些粥嗎？」

「謝謝！」想不到還有粥。

「我打給 Wayne 來接妳？」

「不用，他很忙。」她迴避他眼光。

「我不放心。」

「你送我上車就好了。」

「妳先吃粥。」

嘉駿跟護士說，「她出了很多汗，我怕她著涼，我會遲半小時回來。」

回頭跟婉琳說，「我送妳回家。」

「不用，太麻煩了。」

他拿起外套披在她身上，扶著她上車，下車。

嘉駿送她到門口,「妳有什事打給我。」遞給她一個紙袋,有麵包,藥,及衛生用品。

「謝謝你!」

嘉駿看著她,「妳要不要試試跟我交往?」

婉琳一怔,「什麼?」

他笑著搖頭,「妳好好休息。」

關門後,婉琳準備沐浴,才發現嘉駿的外套還披在她的身上。

他說,試試跟他交往,他說什麼?不知道誰病了。

沐浴後,婉琳吃了麵包和藥再去睡覺。

差不多六時,有人按門鐘,婉琳起來,「誰?」

「外賣?」

原來是嘉駿叫了外賣。

他給她短訊,「吃了東西就早點休息。」

婉琳吃了幾口繼續睡,她不想有其他想法。

翼差不多十一點才回來,看到飯桌上面有粥和麵,他在外吃過便上樓沐浴休息。

看到房裡漆黑一片。

「我回來了!」他開了床頭燈,看到婉琳一動不動地睡覺。

「嗯。」

「還在生氣嗎?」

婉琳沒作聲。

「我最討厭妳對我冷暴力!」翼怒吼,拿著睡衣走出房間。

半夜婉琳身體在痛,爬起來吃點麵包和藥再去睡。

翼睡在書房,第二天看到婉琳還在睡便出門。

嘉駿傳了短訊,「身體怎樣?」

「沒事了。」雖然腰骨還在痛。

「我下午接妳看醫生。」

「不用麻煩了。」

中午前，嘉駿在樓下等她。

婉琳一襲黑色連身裙，波鞋，弱質纖纖身形，他沒有後悔說出那句話。

「妳喜歡吃什麼？」

「隨意。」

「昨天吃粥，今天有胃口嗎？吃麵好嗎？」

「雲吞麵可以嗎？」

「好啊。」他微笑。

午餐後，他帶她去看著名的婦科韋醫生，是他爸爸的朋友。

「嘉駿，你女朋友是經前症候群，不用太過緊張。做運動，吃維生素B可以改善，主要是心情，你惹她不高興嗎？」

婉琳慌忙道，「不是！」

韋醫生笑道，「工作壓力也會做成。請進內做掃描。」

「嘉駿，你出去等好嗎？」婉琳羞赧道。

「好的，好的。」他真當自己是男朋友。

看完醫生後，嘉駿陪她去買維生素，「你不用返診所嗎？」

「我今天休息，同事下午替更。」

他駕車送她回家。

「嘉駿，我已經結婚了。」

嘉駿一愕，然後苦笑，「我知道。」

「所以……」

「Wayne 做到的，我也做的；他做不到的，我也能做到。當然跟 Ray 比身家，我沒有他這麼多，但愛妳，我一定比他多。」

婉琳在笑。

「妳笑什麼?」

「每個人都會說,愛妳一定比另外人多,但一起以後,就另一回事了。」

「我已經用行動證明,今天我不是休假陪妳看醫生嗎?」

婉琳語塞。

她嘆氣,「嘉駿,我配不上你。」

「什麼年代?」

「什麼年代也好,我已經結婚了。你喜歡的,是我丈夫給予一切的我。」

嘉駿辯駁,「我喜歡妳的善良。」

「但打扮呢?生活品味呢?」婉琳下車,「不要執著。謝謝你的照顧。」

嘉駿嘆氣,「慢慢來吧。」

婉琳回家後,弄了牛肉羹。嘉駿是體貼的,她有被感動,但沒有心動。

翼沒有回來吃晚飯,甚至沒有短訊。

他去酒吧跟筠,祖意閒聊,「怎樣了?」

筠笑說,「拋下琳琳過來八卦。」

「吵架了!我快受不了她的冷暴力。」翼喝酒,略略交代事件。

「是不是誤會了?」祖意關心道,「會不會不想跟你吵架而選擇沉默?」

「我不知道。」翼再喝酒,「放工回來已經很累,不想看她臉色。」

這時,小敏拿了湯壺過來,跟各人打招呼。

「我跟 Cayenne 學的。」她舀一碗給筠。

翼跟祖意忍著笑。

筠不好意思,「Mandy,我……」

「你先喝，再說。」小敏的說話很有說服力，「Wayne，Cayenne 好點了嗎？」

翼不解。

小敏愕然，「我打電話給她時，她在診所。」

祖意明白，「難怪她心情不好。」

翼放下酒杯，「不好意思，下次再談。」急忙回家，現在才發現自己是拋下她的人。

筠怨道，「他還是這樣大意。」

小敏柔聲問，「好喝嗎？」

翼回家時看到湯煲在桌上，他馬上找婉琳，「老婆？」

睡房留了一盞床頭燈，婉琳已經熟睡。

他連她生病也不知道。

翼跪下來，看到她蒼白的臉孔，一盒止痛藥在床頭。

「什麼病呢？」他自言自語，生病還煮晚餐給他吃，剛剛還在朋友面前吐苦水。

祖意傳短訊給翼，「琳琳怎樣？」

「睡了。」

翼喝湯，沐浴然後好好擁著妻子睡覺。

生理期的第三天，婉琳的身體好多了，她發現丈夫擁著自己在睡。

她輕輕把他手拿開，翼被弄醒了，「你睡多一會，我去弄早煮。」

「妳生病就不用了。」翼擁著她，「對不起，那天我語氣重了。」

「沒什麼，你說得對。」婉琳淡淡地道。

「還在生氣嗎？」

她失笑，「怎麼老是覺得我生氣？」

翼換上西裝就坐到餐桌，婉琳雙眼沒有看過他，「怎麼生病也不告訴我？」

他電話不斷在響。

婉琳托著頭看他，「你快接電話吧。我只是月事來不舒服。」

翼恍然大悟，他忘記女生的煩惱，難怪她有時心情煩躁。

「對不起。」翼想握住她的手，她收拾碗碟巧妙地避開。

「沒什麼，快上班吧。」

婉琳不知道爲何要避開，因爲他怒喝她，還是什麼？

翼走過去擁著她，她身體僵住，「怎麼了？」

「可能身體還有點痛吧。」婉琳隨口說。

翼吻她的額頭就出門。

婉琳呼出一口氣，她呆坐在餐椅上。

或者是對他失望吧？

筠嘗試跟小敏一起，他們在家中聊天。

小敏煎牛扒，卻完全不懂，筠笑著幫忙，「做妳有自信的事情，我的女人不一定要下廚。」

她聽得心花怒放。

「我……下星期 D&G 新店酒會開幕，你有空跟我去嗎？」

「星期幾？我要請假。」

「星期六。」

「我跟 Jo 說一聲。」

「謝謝。」小敏高興地道。

三十三、三年之癢

一星期過去，嘉駿每天訂購外賣燉品送去婉琳家。

「真的不用了，謝謝你。」

「如果妳有好好照顧自己，就不會病倒了。」

婉琳懊惱。

她去找凱雯訴苦。

凱雯看她沒精打采的樣子，給她一件焦糖蛋糕及拿鐵咖啡。

「姐夫做的嗎？很好吃！」婉琳終於有點朝氣。

「什麼姐夫？」凱雯笑道，「怎麼了？」

「楊醫生妳記得嗎？他跟我表白。」婉琳交代事情的經過。

「怎麼妳心動了？」

「我不知道怎拒絕。」婉琳垂下眼簾，「跟他說了，他喜歡的不是我自己的我。」

凱雯明白過來，「妳是不喜歡現在的生活，還是不喜歡 Wayne 了？」

「不是……」婉琳沉思，「嗯，我懂妳的意思。可能是對 Wayne 工作時間太長，而我這種生活覺得太沉悶，沒有寄託吧。」

凱雯向站在不遠的子揚揮揮手，「老闆！」

子揚馬上過來，「還要喝什麼嗎？」

婉琳忍不住笑，「小二。」

子揚也笑，凱雯問，「你不是找兼職咖啡師嗎？讓 Cayenne 這裡邊學邊做，可以嗎？」

「可以！可以！」子揚按著興奮的心情。

「妳多出來走動，身心都健康。」凱雯拉著她的手，「一星期三天，十時至三時，可以嗎，老闆？」

子揚揚揚手，「廣仲，Cayenne 一星期幫你三天，可以嗎？」

廣仲愕然，老闆問他意見，當然是可以，「歡迎妳 Cayenne。」

婉琳終於露出久違的笑容。

晚上，婉琳陪翼到酒吧坐坐，他依舊跟祖意看帳目。

「最近琳琳總是心事重重的樣子。」翼嘆氣，祖意看到婉琳坐著發呆。

「發生了什麼事？」

「自從生病之後就是這樣。」

「你沒問她嗎？」

「她總說沒事。」

「兩夫婦之間有這麼多的祕密嗎？」

婉琳看著筠在調酒，「開始交往了嗎？怎樣？」

「剛剛開始，感覺還不錯。」

「會突然擦出火花嗎？」

「她的外剛內柔，吸引到我想知她多一點點。」

翼的底牌，她看盡了。

「如果你已經清楚知道她的全部，怎樣行下去？」

「價值觀，兩人的共同話題，興趣都很重要，當然生活上的小驚喜來維持關係也是一定的。」筠想著，「怎麼妳問我這些？」

「我好奇你的愛情觀。」婉琳微笑。

翼走過來，牽著婉琳的手上車，「我們先回家了。」

沐浴後，翼擁著婉琳親熱，她冷淡地回應著，翼不明所以，「怎麼妳心不在焉的樣子？」

「我做錯什麼，妳可以告訴我嗎？」翼頹然坐起來。

「沒有啊。」婉琳低著頭。

「我是妳老公，難道妳的心不在這裡我看不出嗎？」

「什麼心不在這裡？」婉琳有點惱，然後嘆氣，「我們是不是太早結婚呢？」

翼沒想過涉及婚姻，「妳想說什麼？妳不可以離開我。」他擁著她。幸好他不是吼她。

「對不起，我工作忙碌疏忽妳，妳生病我又不知道，而且對妳怒吼，我以後不會這樣做，因為我沒法忍受妳的冷淡。」翼緊緊擁著她。

「那天是楊醫生扶我到他的診所，我在他診所嘔吐，發冷，他跑到樓下買衛生用品，然後每天送燉品給我，我非常感謝他。」

翼捏一把冷汗，好險，他差點丟了老婆，原來她的追求者來勢洶洶。

「我在想……是不是我們太早結婚呢？我好像失去了活力。」

「我不是說過妳可以出去工作？」

「所以我下星期到 Ray 的咖啡店打工三天，見習咖啡師。」

翼不願意，但總好過她不快樂。「好啊！」

「還有……」婉琳撅起嘴，「以後跟我說話，可否不要用不耐煩語氣？」

翼親了她幾下，「下床後，女皇說什麼就什麼。」

「好啊。」婉琳沒聽出語意。

翼退下她的衣服，婉琳不依，「不是我說什麼就什麼嗎？」

「床下妳話事，床上我話事，妳說好的。」

「蛤？」

有時候，兩人之間擁抱，接吻也是親密的一種，翼要把兩星期的空白填回來。

整夜春光滿室。

翼帶著蛋糕和咖啡上去嘉駿的診所，護士看到他西裝筆挺，好奇哪位帥氣的家長。

「不好意思，楊醫生還未回來。」

「你好，我叫 Wayne，前天我太太生理期病倒，在你們的診所嘔吐，打擾大家了。」

他放下食物，欠欠身。

「不……不要緊……」原來她是結婚了，丈夫還這麼高大帥氣。

「請替我謝謝楊醫生。」翼微笑，眼睛放電十足。

翼離開後，嘉駿差不多三十分鐘後回來，他看到酒店的蛋糕，「誰請客？」

「有位叫 Wayne 的帥哥送來答謝你照顧他的太太。」

嘉駿臉色一變。

「他好帥啊！可惜已經結婚。」

「他是跨性別的。」嘉駿淡淡道。

護士們驚愕，「真帥。」

嘉駿不高興回到診症室，他妒忌。

他打電話約婉琳吃午餐。

「對不起，我今天上班啊！」電話的另一端說。

怎麼上班也不告訴他一聲？

翼本想連續趕工，希望在訂婚週年前盡量完成大部分工作。

現在怕了拋下妻子在家，唯有分配好時間，一星期總有一天早點放工。

小敏帶筠準備出席 D&G 的新店開幕，髮型師，服裝師一早到小敏的家幫他倆打扮。

筠有點不習慣，小敏握住他的手，「多謝你。」

他微笑。

一到場，筠被鎂光燈閃到睜不開眼，小敏挽著他的手臂面對記者。

「Mandy，妳的 partner 很帥氣，可以介紹一下嗎？」

小敏有點扭妮，筠微笑，「我叫 Zen。」

記者們追問，「怎樣認識的？」「一起多久了？」

筠保持微笑，留待小敏回答。

「我們才剛剛開始交往。」小敏甜蜜地看著筠，「我在他的酒吧認識的。謝謝各位，我們不阻礙酒會了。」牽著筠步入店舖。

大部分賓客都是英語交談，筠並不完全明白，唯有保持微笑。

小敏很知性地介紹她的本地朋友，有歌手，有演員，有名媛。

筠大部分時間聆聽，他藉詞覆電話，傳短訊給好友來透透氣。

「翼，我現在明白為什麼你從不參與公開活動，悶得發慌！」

翼與祖意看到訊息，私下笑他這次能交往多少星期。

他們今晚在酒吧幫忙，翼穿起袖箍在調酒，婉琳坐在吧檯看著她帥氣的丈夫。

「老公，你好有型！」

翼只是笑，他很久沒有這樣忙碌了。

祖意也過來幫忙調酒，「我只容許他半年有一次 weekend leave。」

夏末，天氣仍有熱，客人不想回家便來喝一杯跟朋友閒聊。

「祖，下次做啤酒特價，我懶得去調酒。」

祖大笑，「你賺了！你看看你老婆的眼神。」

「今晚無氣力。」翼搖頭。

祖翻眼，「你想歪了！」

大約十一時多，竟然看到筠一個人出現。

「分手了？」翼問。

「去你的。」筠看到他的吧檯，皺眉，「難怪琳琳從不讓你進廚房，我來做吧。」

婉琳只崇拜她的丈夫一陣子，便忍不住幫忙清潔。

翼坐在吧檯，「今晚怎樣？」婉琳站起來幫他按摩手臂。

「好多記者，好多問題，好多……」筠嘆氣，「話不投機，偶然一兩次還可以。」

「筠，不用刻意融合他們，我跟翼的生活圈子不同，但跟他的同事也一樣談得來。」婉琳給他一個信心的笑容。

翼一向不太喜歡婉琳跟他有比較，「什麼你的，我的？」

婉琳圈住他的頸項，「你的錢是我們的錢，沒有你的，放心。」吻他臉一下。

翼微笑，跟她耳邊說，「是嗎？。」

「回家了！」他牽著她的手上車。

口中說沒有氣力，回到家還不是跟妻子纏綿。

「不要分……什麼你的我的……妳身心都是我的。」

他吻她的嘴唇，「老婆，妳是我的。」

「嗯……」

沐浴後，翼擁著婉琳睡覺，「妳是我的。」

「嗯，我是你的。」婉琳模糊地說。

翼滿意地入睡。

星期日的早上，婉琳拉著丈夫去逛街。

翼笑說，「難得妳會 shopping。」

原來是賣咖啡用具的地方。

翼微笑，難得她有興趣。

然後再去花墟。

駕著法拉利，婉琳叫翼在另一端等她，「為什麼？」

婉琳已經下車，半小時後，她拿著幾束花及小吃。

「對不起，老公，我好想吃。」

翼寵溺地掃她的頭髮，「想吃就吃吧，車弄髒了可以洗。」

跑車裡的婉琳在吃煎釀三寶及奶油夾餅。

「好好吃啊！」

翼不顧砂糖跌在車裡，伸手捏婉琳的臉，「吃多點，小肥肥。」

婉琳不依拍他手。

秋天來，早上天氣漸冷。

婉琳跟翼吃過早餐，送他上班，然後回咖啡店。

工作了兩個月，婉琳感覺整個人活力起來。

廣仲還以為她是富太太，沒想過她倒是勤快，甚至繁忙時間，她不介意洗杯及抹桌子。

「Cayenne，妳要不要試拉花？」

「不要！我連沖咖啡技術也未學好。」

今天也是忙碌的一天，婉琳低著頭在收銀處，「請問喝什麼呢？」

「老婆的推介，謝謝！」

婉琳皺眉，什麼老婆的推介？

一抬頭，原來是翼。

「老公！」婉琳給他一個燦爛的笑容，「你找個位子等一會。」

然後她飛奔去廣仲，「我決定拉了！」

「拉什麼？」廣仲惶恐。

「拉花！我老公來了。」

「好吧！」

廣仲示範了一次，然後婉琳試拉，一拉……當然失敗了。

「這是什麼？」翼問。

「這是兩顆心融在一起。」

翼「哦」了一聲，老婆的吹牛能力，開始臉不紅氣不喘。

「你等一會，我去換衣服。」

廣仲看到翼坐得十分端正，耐心等待婉琳，他今天穿上寶藍色西裝，配上袋巾，帥氣十足。

婉琳坐下來，吃一口蛋糕，「美味！」

「我沖的咖啡，如何？」

「很好啊！」

突然有把人喚婉琳，「Cayenne？」

婉琳抬頭，「Creamy？好久不見！」她馬上站起來。

Creamy 卻驚呼，「陳……陳翼晨！」

翼站起來，擁著婉琳的肩膀，「妳好，我是。」

「Cayenne 中學就喜歡你了！真的得償所望！」然後大笑。

婉琳掩住她的嘴，「不用那麼大聲！」

翼忍著笑，「是嗎？她怎樣喜歡我？」

婉琳臉紅，「陳年往事，不要說了，很尷尬！」她找話題，「我跟 Wayne 在法國註冊了，不過沒有通知舊同學。」

Creamy 表示可惜，「對一些人來說，同性婚姻是有罪的。」

「但我們相愛是沒有錯啊。」婉琳微笑。

翼看到婉琳回答自然，他們是相愛的。

Creamy 點頭，「能遇到心中所愛，才是幸福。」

「有空約一起喝茶。」

「好啊！」Creamy 對婉琳擠眉弄眼，示意她如願以償。

翼牽著婉琳的手離開咖啡店。

「逛一會才去吃飯，好嗎？」

婉琳點頭，她輕輕倚在對方的身上。

三十四、戀愛限期

婉琳知道他們的愛情得不到祝福。

她看過無數的不堪入耳的留言，但誰去定他們是有罪還是無罪？

她從來沒問過翼爲什麼有動手術的決定，是否因爲別人的眼光？

翼在百川看帳目，祖意在旁指出的宣傳開支，「下個月開始籌備冬季食材。」

「嗯。」翼應一聲，「請你跟經理及主廚商量細節。筠對酒吧的運作如何？」

祖意支吾以對，「還未很上手。」

「怎麼呢？」翼皺眉。

祖意嘆氣，「他最近戀愛大過天。」難爲他兩邊走。

「嘩，還在一起！」

「我也意外，筠的態度比以前更易妥協。」

翼笑道，「幾時再叫張小敏來包場？」

祖意聳聳肩。

「我今晚過去跟他說一聲。」

「始終數目要自己來管較好。」

翼撥電話，「老婆，還在 shopping 嗎？」

筠在小敏的家打算出門，卻被拉住，「今晚不能陪我嗎？」

「乖，我也是股東之一，不能放下工作不理。」

小敏撒嬌，「我不喜歡晚上看不到你。」

筠吻她一下，「我星期一整天也陪著妳，好嗎？」

小敏不敢開口她想打本給他做生意，情侶一涉及金錢，關係就大不同了。

「我們各自忙碌，見面時才會特別珍惜一起的時間，不好嗎？」

小敏還是不依。

「我盡量一個月有一個週末給妳好嗎？今晚跟 Wayne 開會，不用等我。」

他一進酒吧，翼跟婉琳已在等他。

「嗨！」筠穿 Kenzo 的外套，雙手插袋。

「戀愛中的人果然容光煥發。」婉琳笑他。

「是啊，所以你們兩個經常發光。」筠故意把語法倒轉。

翼示意筠入辦公室。

「最近怎樣了？我還以爲我們談好，你負責酒吧的營運，怎麼祖要兩邊忙呢？」

筠抱歉，「我的錯，總是對不上數。」抓抓頭，「你也知道我的底子，讀書不成……」

「筠，你女朋友是什麼人？她是 CEO，你打算退休嗎？若果你想有對等關係，麻煩你好好學習營運之道，難道戀愛大過天？」

筠沒有考慮這點。

「你看琳琳，我養著她，但她仍努力學習。」

筠輕嘆，「對不起，我太投入了，總想跟對方一起。」

「誰不投入一段關係？但總要吃飯吧？有時一人讓一步，你也不可能全讓著小敏。」

「翼，我有你這樣理智就好了。」

翼一怔，然後才微笑，「那多得她的體諒。」

他知道自己是幸福的，婉琳永遠把他放在第一位。

筠給祖意短訊，明天去百川找他學帳目。

「若果我的另一半在家等，我自己都有壓力。」

「所以你也要體諒祖。若果你決定結婚，我們再商量怎經營下去吧。」

「我沒想過結婚，我只是想有穩定的關係。」筠說，「小敏完全不介意別人的看法，跟她一起，反而有信心走下去，不像從前，總有個限期。」

上流社會新貴的他，不敢迷失於紫醉金迷的世界，時刻都提醒自己，做得不好就會見報，不斷給人翻舊帳。

「我準備工作，你要喝酒嗎？」筠脫下外套。

「不用，我跟琳琳回家。」

週末，人多。

筠是經常被人搭訕的對象，從前的他不抗拒這些曖昧，現在他很怕令小敏誤會。

之前他還嘲笑翼與祖怕老婆，現在明白了，因為喜歡對方，不捨得她有半點傷心。

筠把蜜糖加進雞尾酒，影照上傳社交網站，「新口味，蜜糖給我的蜜糖。」

小敏看到非常高興。

婉琳留言，「肉麻，但甜。」

她跟翼說，「你看看人家多浪漫。」

翼不屑地看一眼，走入書房。

他上傳相片，「貴妃椅給我的貴妃，小肥肥。」

婉琳看到後把枕頭直接塞在他手裡，趕出睡房。

翼嬉皮笑臉地擁著婉琳，「我的浪漫是非一般嘛！否則妳不會嫁給我啦！」

婉琳推開他。

他又緊緊擁抱她，「老婆，下星期訂婚週年紀念，妳想去哪裡慶祝？」

婉琳想一想，也是翼的生日，「我來安排吧。」

生日那天，剛好是星期六。

婉琳訂了半山的餐廳午餐，翼笑說他們像遊客，然後晚上在尖沙咀的 Aqua 慶祝。

餐廳安排對海景的二人桌。

婉琳拿著紅酒杯，甜笑道，「老公，生日快樂！」

「多謝！」翼吻她的手。

他拿起餐牌，發現有一張卡片在碟上。

「老公，生日快樂！

跟你去山頂，是因為愛你有這麼高；跟你坐在北京道一號，是因為可以看到由山頂望過來，亦可以由九龍望回去，愛你有這麼闊。

Love you day & night。」

翼是感動的，想不到她有這樣的安排。

「我愛妳。」他吻一下婉琳。

有些人你遇上了，就愛一輩子。

臨睡前，翼問，「我的生日禮物在哪？」

婉琳得意地說，「你自己找找看？」

翼裝模作樣，「我知道。」

婉琳訝異，「你怎會知道？」眼睛不期然望向衣帽間。

原本他明天上班拉開衣櫃才知道領帶，領帶夾和袋巾。

翼馬上轉身，婉琳擁著他，「明天才看吧。」

「好。」然後擁著婉琳，吻她，「謝謝妳，這是我最快樂的生日。」

「明年可能更精彩呢！」

他再吻她，「我非常期待每一年的生日。」

婉琳圈著她老公，「你這輩子的生日我都包辦了。」

翼扶住她的後頸，吻下去。

三十五、短暫分開

翼匆忙由北京回來，差不多兩星期沒有回家。

「老公，快點洗澡，我已準備好晚餐。」

翼吻了又吻，「非常想念妳，今晚要好好「愛」妳。」

婉琳臉紅，推他去樓梯。

晚餐是鮑魚花膠湯，「你多喝湯，整個人又乾又瘦。」婉琳抱怨他沒有照顧自己。

翼最喜歡是冬天回家有一碗熱湯等他，「老婆大人，我加班還不是趕回來跟妳過聖誕節。」

「今次是什麼類型生意？」

「客人的子公司的保健產品上市。」

翼已經開始開動，婉琳勸道，「慢慢吃。」又再舀多一碗湯給他。

「下機後我便馬上回來，餓得要命。」

婉琳微笑搖頭。

手提電話響起，翼皺眉不明來電，開了免提才接，「Hello？」

「你好，你是陳翼晨先生嗎？」

「我是。」

「我們是政府衛生署，航班一名職員被確診肺炎，你被列為緊密接觸者，三十分鐘之後，我們將送你去隔離營，留待十四天。」

「好，明白。」翼嘆氣，所有同事都要被隔離。

婉琳聽到後非常擔心,「怎會這樣?」

翼不敢抱她,「老婆,我上去收拾行李。」

她跟上房間,「天氣這麼冷,你怎樣捱?」開始掉眼淚。

翼不禁一笑,「我沒有妳說到這麼弱不禁風。」

婉琳沒理他,拿了Moncler羽絨服,日常出差的用品。

明韻打電話來,「老闆,記得帶延長線。」

「不好意思,大家辛苦了。」

「還好,平安夜可以回家。」

「我請大家吃聖誕大餐吧。」翼苦笑。

掛線後,翼打電話給大老闆和貝麗交代一聲。

門鐘響起,醫務人員帶走翼離開,婉琳想上前但被阻止,「太太,請妳到附近測試中心檢查。」

婉琳忍著眼淚點頭。

翼在車上傳短訊給她,「老婆,我怕傳染給妳,不敢抱妳,我們會沒事,放心。」

他再打電話給另一人。

婉琳六神無主,不敢告訴家人,睡不著,她要等到老公安頓好才休息。

這時電話響起,「凱雯?」

「妳怎麼了?Wayne打電話給我,他在擔心妳,我明天過來陪妳,好嗎?」

原來老公打電話給好友,婉琳道,「不用了,我要去檢疫站測試,我還未跟子揚請假呢。」

「我幫妳跟他說好了。」

「好的。」

「妳有什麼需要,儘管開口,我馬上過來。」

「謝謝妳。」

婉琳還是傳短訊給子揚，請了五天假，等待測試報告才上班。

「反正咖啡店不忙，妳留在家吧，聖誕節後才回來。」

「謝謝你。感激！」

翼打電話給婉琳，「老婆，我已經到達了。」

「怎樣，冷嗎？有沒有感到不適？」她又忍不住哭了。

「還好，不用擔心，有醫療團隊。」翼心痛傻瓜老婆這樣眼淺，「我去休息，妳也早點睡。」

翼甚少傳短訊給同事，「大家辛苦了！」

「也是人生經驗，沒什麼。」德信回覆，想不到嘉茜準備了熱水壺及零食給他，真的患難見真情。

他在想，離開後第一位最想見是她。

第二天的上午，祖意打電話給婉琳，「妳有什麼需要就打給我。」

「謝謝。」想不到翼反而擔心她。

「祖，餐廳怎樣？要不要考慮做外賣飯盒？」

「正打算跟筠商量。」

「不知防疫措施怎樣，辛苦你了！」

掛線後，婉琳去做測試，買些食材便回家，她想陪著翼。

翼打電話給她，「今天怎樣？」

「非常掛念你。」

「很快見面了。」

婉琳還是不放心，點了外賣送給老公。

這段期間心情七上八下，幸好各人沒有染疫，好不容易捱到平安夜。

大清早時分，婉琳在隔離中心等待翼他們。

一開門，婉琳便撲上前跟翼擁抱，翼微笑，吻一下她的額頭，然後向各人說，「大家好好休息，今晚見！」

德信牽著嘉茜的手，「我們先走了。」

翼點頭。

在車上，婉琳不斷撫摸翼的臉，「瘦了很多！」

翼也摸她的頭，「妳也是。」

回家後，婉琳在弄英式早餐，翼沐浴後，不禁說，「在家真好。」

他呷口咖啡，「特別想念我老婆煮的咖啡。」

早餐後，翼放下手上工作，跟婉琳坐在梳化看 Netflix，電話響起來。

「翼，快看新聞，明晚六時後所有食肆只能外賣、酒吧、卡拉 ok 等要關門。」

翼嘆氣，「明白，你到百川幫忙吧，明天我過來。」

電話訊息在響，人力資源部出了告示，員工暫時在家工作。

翼的臉色也好不到哪裡去，唯有在家工作，他擁著婉琳親熱，「不要，家傭在打掃。」

他關電視，拉著婉琳到房裡，「I have been thinking of you.」

婉琳印一下他的唇，「你在家工作，每天也看到我了。」

翼已急不及待地跟心愛的人親熱。

晚上，他們到一間私房菜吃飯。

「各位同事，辛苦了！」翼拿起酒杯敬酒。

「謝謝老闆。」

德信把餐巾放在嘉茜的腿上，婉琳看在眼裡。

翼開了幾瓶紅酒，向各人說，「多吃點，不要拘謹。」

他一直都以謹慎嚴肅的態度做人做事，務求別人找不到挑剔之處，但自從結婚之後，他發覺這些都不重要，就算他不完美，婉琳都一樣愛他。

貝麗問各人剛剛做什麼，和也神情放鬆的模樣，「當然是沐浴了！老闆呢？」

「Cayenne 煮的早餐和咖啡。」

明韻大笑，「我還以為是吃 Cayenne。」

翼微笑，吻婉琳的手，跟明韻說，「都有。」

眾人起哄，婉琳臉紅，打他一下。

和也喝多了，「老闆跟老闆娘好恩愛啊。」

嘉茜忍不住加把嘴，「是的，看了羨慕。」

明韻嗆道，「羨慕哪一方面？」

嘉茜笑說，「當然是互相愛慕，尊重，還有寵愛。妳想到哪裡去？」

德信牽著她的手，「那我要多多努力了。」

翼不太贊成辦公室戀愛，他只是笑笑。

婉琳倒不好意思起來，「哪裡有你們說得這樣好。」

愉快的平安夜聚會。

睡前，翼習慣看書前跟婉琳聊天。

「回家真好。」他緊緊擁著對方。

婉琳吻他的臉，翼以熱吻回應。

「老婆……我愛妳……」

假期後，翼開始在家工作。

他是非常自律的人，大清早運動後，跟婉琳吃過早餐後便開始工作。

婉琳在看食譜煮什麼，平時她到咖啡店坐坐或逛街，現在翼在家，她不能工作，還要弄午餐。

不消一會，她就聽到叫喊聲。

「老婆，有生果嗎？」

「老婆，有茶嗎？」

婉琳外出買菜，回來時家傭向她抱怨，「太太，先生好像什麼也不知道放在哪裡。」

她無奈地笑，童婉琳，妳縱容出來的。

兩三天後，婉琳傳短訊給明韻，「你們何時回辦公室？」

「好像新年過後。」

婉琳對著手機瞪大眼嘆氣，然後送生果入書房。

翼關了電腦，「會議取消，我有一小時休息。」

「哦。」婉琳放下生果。

翼卻抱起她到貴妃椅親密。

「白天……不要鬧……」

翼的電話在響，是貝麗，「老闆，視像會議可以在十五分鐘後嗎？」

「三十分鐘，謝謝。」

溫柔地看著婉琳，「今次我不會拋下妳。」

翼沐浴後，穿著整齊的休閒服在開會。

明韻先打來提示公司架構及人事變動，說到一半，「老闆，你穿恤衫比較好。」

翼照鏡，大叫，「老婆，拿條頸巾來。」

明韻翻白眼，「老闆，我服了你。」

翼從容不迫地答，「所以我是妳的老闆。」

疫情令科技業拼購活動增加，翼的工作比從前更忙。

婉琳跟著翼的日程表，她亦以前更忙。

午飯時，美容院打來，「陳太太，妳需要上門服務嗎？」

翼差點被噎著，「什麼上門服務？」

「我老公在家工作，不太方便，再通知妳。」掛線後，婉琳解釋，「美容院。你跟 Ivana 滿腦子不正經。」

一星期後，農曆新年，今年不方便出門，翼跟婉琳留在香港拜年，他們亦用視像電話跟加拿大的父母拜年。

婉琳在煎蘿蔔糕及年糕，翼坐著無聊拍照上傳，「現在才發現我老婆是由朝忙到晚。」

明韻留言，「因為你在家，她才忙。」

婉琳看到留言偷笑，回覆「安靜」的表情符號。

翼從後擁著她，「我來做，好嗎？」

婉琳表情凝結，「老公，你坐著好了。」

翼聳聳肩坐回廚房中島。

「老公，公司有提及你們何時回辦公室嗎？」

「怎麼？你不想我在家嗎？」

這時，祖意打電話來，「翼，方便見面談話嗎？」

「今晚上來我家吧。」

晚上，祖意，瑩瑩和筠帶了外賣一同前來。

「百川的飯盒。」

翼開了一支白州十二年的威士忌。

「怎麼了？」

「我們可能要遺憾地將酒吧結業。」祖意嘆氣。

筠氣餒地說，「無限期的押後，我們的收支不平衡，這樣下去，我們連本金也沒有了。」

翼點頭，「這樣吧，長期員工的遣散費再加三個月人工，兼職也一樣加三個月，但百川用得著他們，人工再調整。Simon 一定要留下。」

祖意再提出，「我們要加建膠板分隔顧客。」

「明白，大家一起共渡難關。資金方面，我可以幫忙。」

瑩瑩插嘴，「我們集團的租務部也一直下跌，你們可試試跟業主商討一下。」

筠看看手錶，「我去陪小敏，她最近苦惱於集團的事。」

翼點頭。

「還有，你不用再注資，幸好當初你提議開居酒屋，否則只靠酒吧生意，我睡在街頭了。我回去想想 Lunch hour 的無酒精的 cocktail。」

翼再點頭，筠真的成熟了。

晚飯後，瑩瑩幫忙洗碗，「家傭還未回來嗎？」

「她應該陪家人，不回來了。」

每個人的生活方式都改變。

在政策變動下，筠、祖意與翼，不斷改善營運方法，想盡辦法去求存。

翼坐在書房太悶，走到廚房中島工作。

婉琳看 YouTube 在客廳做運動。

這樣就在家工作一年了。

三十六、三世情緣

翼的五十歲生日。

婉琳邀請所有朋友在百川一起慶祝。

半頭白髮的他先吻妻子才許願吹蠟燭。

「生日快樂！」

明韻看著婉琳編了公主頭，「Cayenne，妳還是少女的模樣。」

「哈哈，是嗎？」婉琳幫忙倒酒。

祖意過來，「夠吃嗎？」

「夠了，叫瑩瑩過來一起坐。小敏呢？」

「冷戰中。」筠笑笑，離離合合也五，六次了，就是不結婚。

他拉著翼跟祖意拍照，「一起到老，兄弟！」

十多年後，要結婚的，都結婚了，只剩下明韻。

德信笑說，「Ivana，公司裡傳妳單身是因為妳暗戀老闆。」

明韻把酒噴出來，「那我寧願喜歡 Cayenne。」

這些年她步步高陞，完全沒想過談戀愛。

翼擁著婉琳，做了交叉的手勢，「下世也沒妳份。」

生日會過後，婉琳負責駕車回家。

他們的習慣沒有變，仍是喜歡睡前聊天。

婉琳輕撫對方的臉，看到他的白髮，感慨道，「老公，辛苦了。」

「妳知不知道我為什麼不染髮？」

婉琳搖頭。

「就是要讓人看看我的老婆多年青貌美。」

「無聊。」

翼擁著她，「我無聊？做什麼才不無聊呢？」手已經不規矩。

「老公，十多年你不會厭嗎？」

「愛妳又怎會生厭？」

第二天的早上，婉琳梳洗後上班，一間由翼投資但筠負責打理的精品咖啡店，名爲「念念不忘」。

子揚正式接任集團主席後，他的咖啡店轉讓給凱雯夫婦。

「Cayenne！」子揚逢星期五總會到她的咖啡店坐一會。

「Latte？」婉琳笑問。

子揚微笑點頭。

婉琳送上咖啡，坐下來，」婚禮籌備如何？」

「不知道，新娘，場地，全是父母安排。」他聳聳肩。

「要對她好。」婉琳認眞地說。

子揚只是微笑，他的眞愛已付出了一次。

跟嘉駿不同，他享受這種淡淡的喜歡感覺。

筠在點算食材，「Cayenne，雞蛋和牛奶貨量不夠，妳可以幫忙嗎？」

「好的！」婉琳站起來，對子揚笑笑，「下星期再談。」

她穿過天橋底去超級市場，經過一些小地攤，被其中一間吸引著，寫上「三世情緣」。

婉琳不其然坐下來。

算命師是一位穿著絲質恤衫西褲的女性，感覺跟地攤好不協調。

「太太，想知道什麼呢？」

婉琳想想，「下一世我還遇到我丈夫嗎？」

「夫婦本是前緣，善緣、惡緣，無緣不合。讓我算算。」

算命師一看，十分驚訝。

「妳跟妳丈夫是三世情緣，可惜情路坎坷。」

「什麼？」

「妳丈夫上一世是太監，妳是宮女，雖結爲夫婦，但不是幸福美滿，妳命中還會出現有皇帝命的男生，他爲妳所做的，每世妳都要報恩。今世你們亦結爲夫婦，看似完美，但下一世妳要還這世的姻緣。太太，多做善事，希望妳下世不要太難過。」

婉琳擔心道，「我難過不緊要，但我丈夫下世生活過得好嗎？」

算命師感慨萬千，長嘆苦笑，「放心，她很好。」

婉琳安慰一笑，「那就好了！謝謝妳。」付錢後再道謝。

算命師搖頭嘆氣，「她還是跟上一世這樣傻。陳暮羽，妳下世再遇到她，要好好對她。」

婉琳接翼下班，「老公，好肚餓。」

翼牽著她的手，「想吃什麼？」

「老公。」

「嗯？」

「你下世還會娶我嗎？」

翼吻一下她的手，「我們不是做十世夫妻嗎？」

婉琳甜笑，「你肯定九世都想娶我嗎？400 百年啊！」

翼裝作驚訝，「那我要重新考慮。」

婉琳不依，「夫妻只能做三世，可能這次是我們最後一次相遇。」

「傻瓜，我們會生生世世一起幸福下去。」

婉琳擁著丈夫，只願他健康，快樂，看來下世再見，他還是女生。

某一年，翼握著婉琳的手。
「謝謝妳陪伴我一輩子。我愛妳。」
「我愛你。」婉琳吻他，「我愛妳。」

婉琳搬回舊屋，那是他們剛一起的時候，曖昧，相戀，結婚。
她收拾東西的時候，看到一部舊電話，嘗試開動，竟然還有電池。
看到翼，筠與祖意的對話……

某年的二月

「我在上海碰到童婉琳⋯⋯她現在搬進我家⋯⋯」

「什麼？十多年沒見你竟然還認得她！」

「喜歡一個人，就算千萬人經過你身邊，你只看到她一個。」

「你們二人⋯⋯。」

「你跟她一起了？」

「不是！她好像不敢認得我。說來話長，她工作上受到委屈，我才把她帶走。」

「然後？」

「我不知道⋯⋯只留她在我家。」

「你眞是個白痴。」

「⋯⋯」

「筠，算了，他應該太高興了。」

三月

「你們怎樣？」
「嗯⋯⋯」
「還未有進展嗎？」
「嗯⋯⋯」
「上床了嗎？」
「當然沒有！」
「接吻？」
「算是吧⋯⋯她睡著時⋯⋯」
「你這個變態⋯⋯」
「她睡在我旁！」
「翼，你搞什麼？未一起但又同床？」
「我說他搞不定她。」
「不如一起出來吃飯？我想讓她見見你們。」
原來他一直偷吻她。

　　某年的十月

　　「祖，筠，我打算求婚。」
　　「確定了嗎？」
　　「我餘生只想跟她一起。」
　　「你很肉麻。」
　　「我也只是對她肉麻。」
　　「當我看到你們家有一半東西是粉紅色，就都知你結婚也是遲早的事。」
　　「她待在家的時間較長，讓她一點也沒所謂。」
　　「怕老婆就怕老婆吧！」
　　「……」

某年的九月

「感情有得試嗎？」
「我跟琳琳也是試著開始。」
「莫名其妙！你們一早喜歡對方，
婉琳忍不住哭了，她很想他啊！
一輩子也愛不夠。
「來生，我們再一起吧。」

國家圖書館出版品預行編目資料

相愛沒錯／草夕子著. —初版. —臺中市:白象文
化事業有限公司,2022.06
　　面;　公分
ISBN 978-626-7105-65-8（平裝）

863.57　　　　　　　　　111004153

相愛沒錯

作　　者　草夕子
校　　對　草夕子
發 行 人　張輝潭
出版發行　白象文化事業有限公司
　　　　　412台中市大里區科技路1號8樓之2（台中軟體園區）
　　　　　出版專線：（04）2496-5995　　傳真：（04）2496-9901
　　　　　401台中市東區和平街228巷44號（經銷部）
　　　　　購書專線：（04）2220-8589　　傳真：（04）2220-8505
專案主編　陳婷婷
出版編印　林榮威、陳逸儒、黃麗穎、水邊、陳婷婷、李婕
設計創意　張禮南、何佳諠
經紀企劃　張輝潭、徐錦淳、廖書湘
經銷推廣　李莉吟、莊博亞、劉育姍、李佩諭
行銷宣傳　黃姿虹、沈若瑜
營運管理　林金郎、曾千熏
印　　刷　基盛印刷工場
初版一刷　2022 年 06 月
定　　價　320 元

白象文化　印書小舖　出版‧經銷‧宣傳‧設計
www‧ElephantWhite‧com‧tw　自費出版的領導者　購書 白象文化生活館